STIER

Glück: Ein gutes Bankkonto, ein guter Koch und eine gute Verdauung.

Jean-Jacques Rousseau

Zweites Zeichen des Tierkreises
30° – 60°

Hochfrühling (21. April bis 20. Mai)

Qualität: Weiblich, Yin

Element: Erde

Beherrschender Planet: Venus

Botschaft: Ich habe

Schlüsselwort: Konsolidierung

Charakteristika: Ruhe, Friedensliebe, Sinnlichkeit, Bodenständigkeit

Ziel: Lebensqualität jenseits materieller Bindung finden

Berlin, 20. Dezember 1999.

Auf dem Flughafen Tegel wird eine junge Frau erstochen aufgefunden. Für Hauptkommissar Michael Neber ist die Schuldsituation klar: Der Geliebte des Opfers steht, die blutige Tatwaffe in der Hand, direkt neben der Leiche. Die beiden hatten einen Koffer dabei, der kurz darauf vom Staatsschutz beschlagnahmt wird. Der Koffer enthält eine rätselhafte Waffe, die aus Rußland nach Berlin geschmuggelt wurde. Einflußreiche Kreise wollen den Kommissar aus dem Fall herausdrängen.

Verhinde
ber

Außer Neber hat offenbar niemand Interesse an der Aufklärung des Mordes. Bei seinen Ermittlungen trifft Neber auf eine geheimnisvolle Frau, die von ihm verlangt:

re, was
its geschehen ist.

Sie entführt ihn an einen geheimnisvollen Ort, in einen «Sternendom», wo mit Astrologie und Virtual Reality das «Spiel der Sterne» beginnt.

SPIEL der STERNE

Martin Umbach
Michael Seyfried

STIER

Die Wahrheit und andere Lügen

WUNDERLICH
TASCHENBUCH

Für unsere Kinder

Originalausgabe

Veröffentlicht im Rowohlt Taschenbuch Verlag GmbH,
Reinbek bei Hamburg, Oktober 1999

Umschlaggestaltung Cordula Schmidt
(Foto: Claudia Reinhardt)
Satz Minion PostScript (PageOne)
Gesamtherstellung Clausen & Bosse, Leck
Printed in Germany
ISBN 3 499 26063 8

Ja. – Ja, ja, ja!

Genau so muß das Wasser sein. Wenn man Schritt für Schritt hineinsteigt, muß die Hitze wie eine liebevolle Klinge die Haut berühren, muß Schauer einschneiden in den schweren Leib, muß dich umschlingen, verschlucken – die Füße, die empfindlichen Kniekehlen, die festen Oberschenkel, den Bauch –, muß hinauflaufen am Rücken, noch bevor er ganz eingetaucht ist, muß prickelnd die Brust küssen – die Brustwarzen unter der starken Behaarung werden zuerst hart –, muß sich um den Hals legen wie eine köstliche Strangulierung, bis schließlich der ganze Mann dahintreibt, Ohren, Augen, Mund, alles umspült, aufgelöst in Wohlsein, Heimat, die Wärme und Tiefe des Blutes nicht mehr zu unterscheiden von der des Wassers.

27. Juli 1999

Prustend, die milde, würzige Abendluft in gierigen Zügen einsaugend, tauchte Stefan Grundler wieder auf aus dem heftigen Geblubber seines Jacuzzi-Beckens, strich sich das Wasser aus Bart und Locken und legte links und rechts die Arme auf den Rand, während sein massiger Körper fast schwerelos im Wasser lag. Sein Blick war nach Westen gerichtet, wo eine mohnrote Sonne zwischen den Stämmen des nahen Wäldchens schwamm. Das Fasanenpärchen beendete seinen allabendlichen Besuch im hochstehenden Gras, flog auf und übertönte für einen Moment mit dem Flappen seiner Flügel das Geräusch der Luft, die aus Düsen ins heiße Wasser gepreßt wurde. Stefan hob seinen Kopf, um ihnen nachzusehen, wie sie über ihn hinweg nach Osten strebten und gleich darauf hinter dem Dach des Haupthauses verschwanden.

Im ersten Stock stand ein Fenster offen. Wie in einem Rahmen war darin Eva zu sehen, das Gesicht gerötet vom Schein der untergehenden Sonne. Sie blickte lächelnd zu ihm hinunter, dann rief sie etwas in den dunklen Raum hinter sich, und gleich darauf erschien Malte, der sich mit dünnen Ärmchen auf das Fensterbrett stemmte und hinaus in die klare Luft rief: «Gut Nacht, Stefan!»

Eva lachte, nahm ihren Sohn auf den Arm, drückte ihm einen Kuß auf die Backe, sagte ihm mit Blick zu Stefan etwas ins Ohr, und die beiden verschwanden fröhlich kichernd im Zimmer.

«Gute Nacht, Malte!» antwortete er mit seiner kräftigen, wohltönenden Stimme und dann noch einmal, leise für sich: «Gut Nacht, mein Kleiner.»

Er ließ sich wieder tiefer in seinen «Kochtopf» gleiten, wie Malte das beheizte runde Sprudelbecken nannte, das im Frühjahr für viel Geld aus Florida eingeführt und im Garten eingegraben worden war. Oben im Kinderzimmer würde Eva mit dem Jungen jetzt ein Gebet sprechen, würde die laue Brise die Vorhänge zart hin- und herbewegen, würden die Schatten tiefer werden und das Kind sanft und vertrauensvoll in seine Träume sinken lassen. Alle anderen Bewohner des Anwesens, seines Anwesens, waren mit irgend etwas beschäftigt, im Haus, in den Stallungen, im Studio. Gesine war wohl dabei, für die Erwachsenen das Abendbrot zu richten, Günther dürfte vor seinen geliebten Kühen posieren und ihnen erstaunliche Geschichten erzählen, Heiner stand sicher um diese Zeit meditierend auf dem Kopf, Charly würde bald aus Berlin zurückkehren …

Stefan mußte die Augen schließen. Die Schönheit dieses Moments war wie ein Schmerz.

Wie der Schmerz, den er empfunden hatte, als er zum ersten Mal die große Domorgel hörte, damals in Bamberg, mit Vater und Mutter während der Ostermesse, ganz nah war ihm das noch heute, er kann nicht älter gewesen sein, als Malte jetzt ist, und die Klänge hatten ihm jubelnd Gewalt angetan, ihn wie einen Fisch, der in großer Tiefe einen Köder schnappt, schwimmblasenberstend hinaufgerissen in ein anderes, unbekanntes Meer, aber nicht zum Tode, nein, nicht zum Tode, sondern zur Gewißheit: Das will ich auch! Hier erst kann ich atmen!

Wie der Schmerz, den er empfunden hatte, als er eines Samstag nachmittags tatsächlich, zwölfjährig dann, dort oben saß auf der Empore, die Füße reichten noch nicht bis hinab zu den Pedalen, aber die Finger, die am Klavier so unermüdlich geübt hatten, griffen, erst scheu, dann immer sicherer in die Tasten, streichelten sie, schlugen sie, bezwangen sie, erfüllten das Gotteshaus mit ihm, mit seiner Liebe zur Schönheit, seinem Sehnen, seiner erwachenden Kraft.

Es war herrlich, ein Mann zu sein. Es war herrlich, Künstler zu sein, reich zu sein, Menschen um sich zu haben, die man liebte, Erfolg zu haben. Es war herrlich, im einsetzenden Dämmer dieses Sommerabends hier im Wasser zu liegen. Es war herrlich, zu leben.

Nie, nie sollte dieser Moment vergehen.

28. Dezember 1999
19 Uhr

Man hatte mich bei CAPRICORN MULTIMEDIA MARKETING nach meinem Trip in den Cyberspace (wahrscheinlich war das das falsche Wort für die Höllenmaschine, die sie dort betrieben und in der ich die letzten Stunden verbracht hatte, aber ein besseres fiel mir, als völligem Neuling in der Welt der elektronisch erzeugten Wirklichkeit, zu dem Gerät, das sie HOLY nannten, nicht ein), man hatte mich also eingeladen, am Abendessen teilzunehmen. Und obwohl ich nach den heutigen Ereignissen völlig ausgehungert war, hatte ich das Angebot abgelehnt. Außer Sprossensalat, Tofubratlingen und einem graubraunen Brei aus Buchweizenschrot hatten sie nichts.

So kam es, daß Lilà und ich jetzt in meinem türkischen Lieblingsimbiss standen, ich mit Genuß einen Döner vertilgte und sie an einem Stück Halva nagte, was ihr sehr gut stand.

«Aber hast du denn den Eindruck, daß Grundler zu so was fähig wäre?» nahm ich unser unterbrochenes Gespräch wieder auf.

«Du meinst – Eva umzubringen? Er war sehr verwirrt, verzweifelt. Daß Eva ihn verlassen wollte mit Malte, das muß für ihn so gewesen sein, als hätte man ihm den Globus unter den Füßen weggesprengt. Er ist im Grunde eine ganz einfache Seele. Eine Kinderseele.»

«Auch Kinderseelen können ganz schön garstig werden, wenn man ihnen das Spielzeug wegnimmt», wandte ich ein, während mir die Yoghurtsauce über die Finger lief.

«Ja, Michael Neber» – sie sprach mich fast immer mit meinem

vollen Namen an, und aus ihrem Mund klang er ganz neu, wie eine kostbare Formel –, «du Kriminalkommissar, du siehst überall verborgene Abgründe ...»

Wir wechselten einen Blick. Ich kannte Lilà seit genau acht Tagen. Ich hatte sie am Tatort des Mordes an Eva Grundler als Zeugin vernommen. Das Opfer war ihre beste Freundin gewesen. Seither war viel geschehen.

Der Fall hatte ungeheures öffentliches Aufsehen erregt. Zum einen, weil die junge Frau, Mutter eines fünfjährigen Jungen, direkt vor den Augen von Hunderten von Reisenden am Flughafen Berlin-Tegel erstochen worden war. Das war am frühen Abend des 20. gewesen.

Zum anderen, weil Gregor Falkmeier, der einzige in Frage kommende Täter – immerhin hielt er die blutige Tatwaffe in der Hand, als seine Ex-Freundin Eva tot zu Boden ging, und er hatte ganz sicher ein Motiv! –, offenbar der Kurier in einem hochbrisanten Fall von Waffenschmuggel gewesen war. Direkt neben der Leiche hatte ein Metallkoffer gestanden, den er laut Zeugenaussagen mit sich geführt haben mußte. Falkmeier beteuerte zwar in allem seine Unschuld, aber das war etwa so glaubwürdig, wie wenn ich einfach behaupten würde, ich sei ein schlanker, athletischer Typ.

Dieser Koffer enthielt, wie eilends durchgeführte Untersuchungen ergeben hatten, ein Gerät, dessen Wirkungsweise auch dem Verteidigungsministerium nicht bekannt war, bei dem es sich aber höchstwahrscheinlich um eine Strahlenwaffe handelte, über deren Gefährlichkeit nur gemutmaßt werden konnte. Die Hintermänner der Transaktion wurden an der Spitze mafioser Strukturen in Rußland ausgemacht.

Die Umstände, unter denen der geplante Schmuggel – sozusagen «zufällig», nur durch die Eifersuchtstat eines durchgedrehten

Kuriers! – entdeckt und verhindert worden war, führten zu einer heftigen Diskussion über die öffentliche und internationale Sicherheit. Offenbar waren die Exekutivorgane nicht imstande, gemeinsam mit denen der anderen europäischen Staaten eine Phalanx gegen kriminelle Bedrohungen dieser Art zu bilden. Politiker forderten neue Sicherheitsgesetze, neue Formen europäischer Kooperation bei der Verfolgung organisierten Schwerstverbrechens, den umgehenden Ausbau der immer noch in ihrer Kompetenz viel zu eingeschränkten Behörde EUROPOL.

Die Fragen, die ich zu den vielen Ungereimtheiten des Falls stellen mußte – der natürlich sofort in die Zuständigkeit des BKA gehievt worden war –, hatten mir keine Freunde gemacht. Mein eigener Präsident ließ mich fallen wie eine heiße Kartoffel. Ich war auf unbestimmte Zeit vom Dienst suspendiert.

Und ich hatte mich verliebt. Ich mußte 41 Jahre alt werden, um zu erfahren, was mit diesem Wort gemeint war. Alles an Lilà zog mich an, beunruhigte mich, war ein Feuer, das den Ring von Fremdheit, Mißtrauen, Furcht, der mich umgab und der mich so lange von Frauen ferngehalten hatte, so sehr erhitzte, daß er begonnen hatte, als glühende Schmelzspur von mir abzuströmen. Ich war in ihr und sie war in mir – auch wenn wir das Land des anderen Körpers noch nicht betreten hatten.

«Das mit dem Kriminalkommissar ist wohl eher Vergangenheit», sagte ich. «Und im Sehen von Abgründen kannst du, glaub ich, durchaus mit mir mithalten.»

Lilàs Blick war durch die blitzblanke Scheibe nach draußen auf die Straße gerichtet. Mit der Zungenspitze holte sie einen weißen Krümel, der von der süßen, klebrigen Halva-Masse übriggeblieben war, aus ihrem Mundwinkel.

«Wahrscheinlich kann ich das, ja. – Sieh mal», forderte sie mich auf.

Ich folgte ihrem Blick. Auf der anderen Straßenseite zog eine Gruppe von ungewöhnlich gekleideten Figuren vorbei. Sie hatten verschiedenfarbige Gewänder an und trugen große Masken vor ihren Gesichtern. Ich hatte die Bande schon einmal gesehen. Und auch die Plakate, die sie durch den eisigen Berliner Abend schleppten, kannte ich schon. Darauf standen Slogans wie: «Astrodrama. Wir heilen die Welt durch die Kraft der Sterne», «Sei im Einklang mit dem Kosmos», «Es ist noch nicht zu spät», «Die Rettung kommt aus dem All».

«Komm, laß uns fahren», überging ich die Beobachtung. «Danke, Cem», sagte ich zum Wirt, während ich die zerknüllte Serviette in den Abfall warf. «Ich hoffe, du machst die nächsten tausend Jahre noch genauso guten Döner!»

«Mach ich schon, Herr Neber, mach ich schon», nickte Cem.

Es war gut, überall in der Stadt Freunde zu haben, besonders für einen vom Dienst suspendierten Kriminalhauptkommissar, der dabei war, auf eigene Faust und gegen ausdrückliche Weisung von oben Ermittlungen durchzuführen. Und es war gut, Lilà bei mir zu haben, auch wenn mir vieles an ihr noch genauso rätselhaft war wie an dem Mordfall.

Als wir in meinen alten Alfa stiegen, um hinaus nach Ferch zu fahren, zu Stefan Grundler, dem Ehemann der Getöteten, waren die Astro-Gestalten verschwunden. Ich vermißte sie nicht.

30. Juli 1999
Vormittag

Die Räumlichkeiten der Berliner Festwochen GmbH waren nicht sonderlich repräsentativ. Professor Munde, der Leiter der Organisation, war mit Kultursenatorin zur Brügge übereingekommen, den Akt der Unterzeichnung des Vertrages mit Stefan Grundler in einem gehobeneren Rahmen zu vollziehen. Und so traf man sich um 10 Uhr 30 in einem mittelgroßen Saal im Rathaus Schöneberg zur Pressekonferenz.

Immerhin ging es um ein Ereignis, dessen schiere Größe schon öffentliche Aufmerksamkeit auf sich zog, dessen kultureller, imagesteigernder Wert gar nicht hoch genug eingeschätzt werden konnte.

Es ging um LUDUS STELLARUM.

Stefan Grundler, dem in den vergangenen Jahren durch äußerst wirkungsvoll konzipierte musikalische Großereignisse, sogenannte «Klangwolken», bekannt gewordenen Komponisten, wurde der Auftrag erteilt, anläßlich der bevorstehenden Zeitenwende eine Musik zu schreiben, die alles umfassen sollte.

Das Konzept war von Grundler selbst entwickelt und vorgelegt worden. Er nannte es eine «astrologische Symphonie». Jedes Zeichen des Tierkreises sollte einen eigenen Satz erhalten. Jeder Satz an einem anderen Ort der Stadt aufgeführt werden. An diesen zwölf Orten sollten – passend zum Charakter der Sternzeichen und ihren Musiken – Licht- und Laserinszenierungen, die Betonung der vier Elemente durch sogenannte Erlebnisräume und noch viele andere Ingredienzien dazu beitragen, ein Ereignis zu schaffen, das Berlin zum Wechsel der Jahrtausende als Symbol für eine sich wandelnde Welt etabliert.

Keine andere Metropole – zumindest in Europa – konnte mit etwas Vergleichbarem aufwarten.

Die Überlegung, das Werk tatsächlich in der Nacht des Datumswechsels aufzuführen, erwies sich aus mehreren Gründen rasch als undurchführbar und letztlich auch nicht als wünschenswert. In Konkurrenz treten zu wollen mit all den Fernsehshows, privaten und öffentlichen Partys, Teil der großen allgemeinen Suppe der Feierlichkeiten zu sein, das würde dem Geist der Unternehmung nicht gerecht; außerdem müßten sich möglichst viele Menschen eine Nacht lang unter freiem Himmel versammeln, und das wäre im Winter kaum durchführbar, zudem konnte der Komponist unmöglich in der kurzen noch verbleibenden Zeit all diese vielen Noten aufs Papier bringen, auch wenn es selbstverständlich Exposés und auskomponierte Beispiele gab. Ein Ding der physischen Unmöglichkeit. Es war sowieso schon ein Wunder, daß er sich, trotz des immer wieder verschobenen Termins für die Vertragsunterzeichnung, trotz des immensen Zeitdrucks, in den er sich dadurch begäbe, bereit erklärt hatte, heute hier zu erscheinen, um eine Verpflichtung einzugehen, die fast übermenschliche Kraft erfordern würde:

In nur etwas mehr als einem Jahr, am Samstag, dem 30. September des Jahres 2000, mußten die Bühnenbilder und Installationen stehen, mußten Hunderte von Künstlern und Tausende von Hilfskräften engagiert sein, mußten Finanzierungslücken überbrückt worden sein, die trotz aller Anstrengungen sicher doch entstehen würden, mußte die PR-Kampagne ihren Höhepunkt erreicht haben.

An diesem Tag sollte die Welt auf Berlin schauen, wie sie es in dem soeben erloschenen Jahrhundert schon einige Male getan hatte – und zu oft aus finsterem Anlaß –, sollte sehen, wie Hunderttausende von Berlinern, und mit ihnen Gäste aus aller Welt, eine ganze Nacht lang friedlich, der Hoffnung und dem Positiven zugewandt, an zwölf verschiedenen Stellen dieser vibrierenden Stadt ein einigendes Erlebnis von nie dagewesener Intensität erfahren, es mitgestalten würden.

So zumindest sah es Professor Munde. Dieser Grundler hatte ihn schon vor einem Jahr aufgesucht und ihm das Projekt vorgestellt. Der Professor war sofort entflammt gewesen. Daß es gelungen war, trotz der galoppierend dahinschmelzenden öffentlichen Gelder, LUDUS STELLARUM auf den Weg zu bringen, war zu einem nicht unerheblichen Teil seinem Geschick zu verdanken. Das Heer der Sponsoren, der Anwälte, der Abgeordneten und der Verwaltungsbeamten, die durch sein Büro geströmt waren, vor allem aber die, durch deren Büros *er* geströmt war, ging in die Hunderte. Der Professor fühlte sich heute ebenso erhoben durch den Erfolg wie erschöpft beim Rückblick auf die Mühen, die damit verbunden waren, ihn zu erringen. Und er wußte, daß das eigentlich erst der Anfang war.

Stefan konnte diese Erschöpfung riechen, als er zusammen mit Munde den Saal betrat, in dem schon etwa vierzig oder fünfzig Journalisten versammelt waren. Seine Sinne waren von einer Wachheit, wie sie selbst für ihn außergewöhnlich war. Er fühlte sich großartig. Er hatte wunderbar geschlafen, seinem Bart ein wenig Form verpaßt (besser gesagt, Eva hatte das getan), seinen stämmigen Körper in einem sehr kleidsamen terrakottafarbenen Anzug untergebracht, und Charly hatte es sich nicht nehmen lassen, seinen Chef, den großen Künstler, in die Stadt zu fahren.

Gerochen hatte der Professor eigentlich noch nie gut.

Senatorin zur Brügge als Gastgeberin geleitete Stefan und den

zierlichen Munde, die Vertreter der zwölf Wirtschaftsunterneh-
men, die den Löwenanteil der Kosten übernommen hatten und dafür entsprechende Präsenz in dem Projekt erwarten durften, sowie Staatssekretär Klausenbach vom Bundesinnenministerium, das ebenfalls einen substantiellen wirtschaftlichen Beitrag leistete, und den Regierenden Bürgermeister der Stadt Berlin herein.

Der Akt der Unterzeichnung war natürlich eine reine Formalie. Der Vertrag (eigentlich waren es eine Vielzahl von ineinandergreifenden Verträgen) hatte so viele Anwälte in Brot gehalten, daß es an ihm nun wirklich nichts mehr zu rütteln geben könnte.

Stefans Laune hätte nicht besser sein können. Er kam sich vor wie Jimmy Carter oder Willy Brandt oder Michail Gorbatschow beim feierlichen Besiegeln einer Vereinbarung von weltpolitischer Bedeutung, die Requisiten dazu waren jedenfalls vorhanden: die Mappe mit den Dokumenten, die Schreibutensilien, die Presse, das Fernsehen, es fehlte eigentlich nur der würdig blickende Herr, der von hinten hereingreift und die feuchte Tinte mit einem halbrunden Löschpapierstempel trocknet, bevor die Mappe weitergereicht oder geschlossen wird. Zugleich war er sich mit heiterer Schadenfreude bewußt, daß er dabei war, den größten Coup seines Lebens zu landen.

Er wußte, daß er kein wirklich bedeutender Künstler war. Vielleicht hätte er einer werden können, denn er war gut, sogar sehr gut. Er hatte Ideen und Energie, und hier hatte ihm das Schicksal eine Idee zugespielt, die ihn ganz nach oben bringen würde.

Stefan Grundler war da angelangt, wohin er gewollt hatte: Er würde, wenn alles gutging, mit LUDUS STELLARUM reich werden, richtig reich. Das Honorar für die Komposition hielt sich zwar im eher unteren Bereich. Aber Stefan hatte sich, im Austausch gegen seine Urheberrechte, eine prozentuale Beteiligung an den Lizenz- und Merchandisingrechten gesichert. Das könnte in die Millionen gehen.

Er brauchte Besitz wie die Luft zum Atmen. Im «Mehr» gab es für ihn keine wirklich vorstellbare Grenze nach oben. Man konnte mit Musik Geld verdienen, es war ein Milliardenmarkt – er wollte und würde seinen Anteil davon haben, und zwar nicht zu knapp!

Als er die Füllfeder erhob und in das Klicken der Kameras, in das Stroboskop der Blitzlichter blickte, lag auf seinem bärtigen Gesicht ein Grinsen, das wegen der Offenheit, mit der es den Triumph und das Behagen ausdrückte, zu einem beliebten Motiv in den Magazinen werden sollte.

Die anschließende Pressekonferenz verlief in ebendieser Stimmung. Stefan war vollkommen entspannt und fühlte sich wie in Abrahams Schoß. Er sprach, wie er mit seinen Freunden sprach. Er machte Witze, plauderte in sympathisch selbstironischer Weise über seine Arbeit, er war nicht pompös und nicht gehemmt, er war eine Goldgrube für die Fernsehkameras, die Fotografen und die Journalisten.

Der offizielle Teil war beendet, die Presse war schon verabschiedet worden, und die meisten hatten den Saal geräumt, junge Damen mit kurzen schwarzen Röcken und weißen Schürzen hatten Sekt gereicht, und man stand noch ein wenig plaudernd herum, da lud Stefan Professor Munde und seine Gattin für heute abend zum Essen in sein Haus draußen in Ferch ein. Selbstverständlich könne er ihnen ein Gästeappartement anbieten, wenn es ihnen zu spät sein sollte, anschließend zurück nach Berlin zu fahren. Es sei alles noch ein bißchen primitiv, aber das habe ja auch seinen Reiz. Der langversprochene Rehrücken

müsse nun endlich eingelöst werden, heute oder gar nicht mehr.
Dabei lachte er schallend und schlug dem kleinen Mann kameradschaftlich auf die Schulter.

Professor Munde sagte zu.

«Herr Grundler, kann ich Sie bitte einen Moment sprechen?»

Ein aufregender Alt drang von hinten an sein Ohr.

«Ja bitte?» Stefan drehte sich um und sah sich einer Person gegenüber, die ihn sogleich irritierte. Es handelte sich um eine etwa dreißigjährige Frau – eine sehr attraktive Frau. Neben ihr stand ein hübscher junger Mann mit langen roten Haaren, der eine Kamera mit aufmontiertem gleißendem Scheinwerfer geschultert hatte und diese auf Stefan gerichtet hielt.

«Guten Tag, Herr Grundler, mein Name ist Inga von Gülrich, ich bin von Twin-TV. Kennen Sie uns?»

«Nein, tu ich nicht, leider! Ich schau nicht fern. Für einen Künstler ...»

«Aber Sie machen doch Filmmusiken, nicht wahr?»

Männlichkeit. Vielleicht war es das. Ja, eine Aura von Männlichkeit lag um diese Person, was zusammen mit dem äußerst schlanken Leib, der tiefen, rasch nach vorne drängenden Stimme, den kurzgeschnittenen strohblonden Haaren, den intensiv blauen Augen unter fein geschwungenen Brauen und dem blendenden Licht des Scheinwerfers eine Art Flimmern vor den Augen erzeugte, das ihn zugleich anzog und nervös machte.

«Ah, ja. Mach ich. Entschuldigen Sie bitte vielmals meine Unhöflichkeit, aber die Pressekonferenz ist eigentlich schon ...»

«Ich will Sie einladen, zu uns ins Studio zu kommen.»

«Wann?»

«Jetzt gleich?» Inga von Gülrich verlagerte ihr Gewicht auf das andere ihrer in eine enganliegende Hose hineinmodellierten Beine und legte ein wenig den Kopf schief. Sofort erblickte

 Stefan einen ganz anderen Menschen: nicht mehr die kühle, aggressive Journalistin mit überschlankem, muskelbetontem, flachbrüstigem Körper, sondern eine junge Frau, die beschützt werden mußte vor der Welt – oder vielleicht vor einem Schmerz, den sie mit sich herumtrug. Ihre langen Glieder wirkten plötzlich nur noch wie lose miteinander verbunden.

«Frau ...?»

«Gülrich, Inga von Gülrich.»

«Frau von Gülrich, mein Tag ist leider zu voll, ich muß noch, na ja, ich muß noch so einiges erledigen. Zum Beispiel» – er gab Munde einen freundschaftlichen Stoß mit dem Ellbogen; der hatte die Pause im Gespräch mit Stefan dazu genutzt, sich eine kleine Absence zu gönnen und starrte mit weit hochgezogenen Brauen und großen Augen versonnen auf einen Punkt etwa drei Meter vor ihm auf dem Boden –, «zum Beispiel die Rehrücken ins Bratrohr schieben, nicht, Professor?»

Munde schreckte auf und gab einen hohen Laut von sich. «Was? – Ja, genau, die Rehrücken ins Rohr.»

Sein Blick wanderte links und rechts an Stefans Kopf vorbei, und wenn der an die leichten Absonderlichkeiten in Mundes Verhalten nicht schon gewöhnt gewesen wäre, hätte er denken können, der Professor habe plötzlich einen Anfall. Denn Munde kniff seine Augen erst, geblendet von dem Licht des Scheinwerfers, zusammen, um sie dann aufzureißen, schüttelte wie unter dem Eindruck einer Vision den Kopf, wandte sich langsam ab und verschwand mit seinem leicht schwebenden Gang, ohne ein Wort zu sagen, zwischen den herumstehenden Anzügen.

«Herr Grundler?» ertönte hinter ihm wieder der Alt.

«Aber Sie kommen doch, oder?» rief Stefan seinem Mitstreiter hinterher. Munde schien ihn gar nicht zu hören.

«Herr Grundler?»

«Ja?» Irritiert dem kleinen Mann mit den fedrigen Haaren nachschauend, drehte Stefan sich wieder ins Licht der Kamera und gab nun seinerseits einen Schreckenslaut von sich, als er die Ursache für des Professors Benehmen erblickte.

Inga von Gülrich hatte sich verdoppelt.

Sie hielt ihm eine Visitenkarte unter die Nase. Besser gesagt, die eine von beiden tat das, die andere stand mit hinter dem Rücken verschränkten Händen da und grinste ihn an.

Die mit der Karte sagte: «Würde es denn ein anderes Mal gehen?»

«Wir würden Sie so wahnsinnig gerne in unserer Show haben», ergänzte ihr Ebenbild mit identischer Stimme.

«Er hat keinen Fernseher, er kennt uns nicht», erklärte die Nummer eins. «Das ist meine Schwester Uta. Wir sind Twin-TV.»

Und Nummer zwei: «Wie ist der Sekt? Kalt?»

Nicht nur waren aus einer Person plötzlich zwei geworden, das Flimmern, das Stefan schon vorhin bemerkt hatte, verdoppelte sich ebenfalls.

«Wir sind Kult.» Das war wieder die erste.

«Rufen Sie uns an, es lohnt sich.» Damit nahm die, die Uta sein mußte, ihrer Schwester die Karte aus der Hand und steckte sie in Stefans Brusttasche.

«Haben wir Sie erschreckt?» fragte Inga den Komponisten, der mit offenem Mund dastand und zwischen den beiden hin- und herblickte.

Er holte tief Luft. «Ja. – Ich meine, ja, der Sekt ist kalt», gab er von sich.

«Werden Sie kommen?»

«Sie kommen doch?»

«Der kommt bestimmt!»

Der Kameramann schwenkte jetzt auf die androgynen Zwillinge, und die eine sagte: «Wenn er kalt ist, will ich jetzt auch ein Glas.»

«Nein, im Dienst wird kein Sekt getrunken, das weißt du genau!» Ihre Schwester schien es sehr ernst zu meinen, denn sie zischte diese Zurechtweisung hervor wie einen Peitschenhieb. Dann brach sie in lautes Lachen aus, hakte sich bei ihrer Doublette unter, und die beiden strebten, verfolgt von ihrem sie filmenden Kameramann, kichernd dem Tisch zu, auf dem die Sektgläser standen, griffen sich jede einen der Kelche und prosteten Stefan fröhlich zu.

Und noch einmal wurde er vom Licht und vom Auge der Kamera erfaßt. Unsicher lächelnd hob er sein Glas, bevor er sich rasch umwandte und dem Professor in den Pulk um den Regierenden Bürgermeister folgte.

30. Juli 1999
Nachmittag

Charly war ein wunderbarer Fahrer, egal, was er zu sich genommen hatte. Und wenn er sich, so wie jetzt, während er im Auto auf Stefan gewartet und eine Reihe dringender Telefonate erledigt hatte, die Zeit nur mit *einer* Nase aus seinem Silberdöschen versüßt hatte, lag das noch völlig im Rahmen des Normalen.

Charly, der Checker, kam aus Bottrop. Er war klein und trug immer weiße Hemden, deren Kragen offen standen und ein Goldkettchen mit einem Kreuz sehen ließen. Seine Füße steckten in Cowboystiefeln, und die teuren schwarzen Hosen, die er dazu trug, sahen immer aus, als müßten sie dringend in die Reinigung. Er war einiges älter als Stefan, immerhin 45, Stefan war vor zwei Monaten gerade 37 geworden. Seinen schon ziemlich gelichteten Schopf hatte er schwarz gefärbt und zu einem Pferdeschwanz gebunden, der jetzt im Fahrtwind aus dem offenen Fenster des Range-Rovers flatterte. Auf dem rundlichen, immer geröteten Gesicht lag unter der Tropfenbrille ein feistes Grinsen, als er mit seinem Chef auf dem Beifahrersitz durch die belebten Straßen Berlins fuhr.

Charly war für Stefan weit mehr als ein Fahrer. Er war sein Sekretär, sein Manager, sein Kumpel, der Mann, mit dem er die Firma Grundler aufgebaut und so weit gebracht hatte, wie sie jetzt war. Charly konnte man anbrüllen oder sonstwie terrorisieren, er hörte nicht auf, sich im Glauben an die gemeinsame Sache die Gesundheit zu ruinieren. Man konnte ihn beauftragen, eine Kiste Havanna zu besorgen, und er besorgte sie, meist indem er jemanden anrief, der jemanden kannte, den man anrufen konnte, weil der jemanden kannte, der am Zoll vorbeijonglierte Ware zu verlockenden Konditionen anzubieten hatte.

Er selbst rauchte etwa zwei Schachteln Reval am Tag, gerade jetzt steckte er sich die nächste zwischen die fleischigen Lippen. Stefan hatte ihm angewöhnt, nur bei offenem Fenster zu rauchen.

Stefan zog die Visitenkarte der beiden Frauenjünglinge aus der Brusttasche und las vor: «Twin-TV. Das Netz mit doppeltem Boden. Uta und Inga von Gülrich – on air auf Berlin 105, immer öfter, immer länger – Telefon soundso – kennst du die?»

«Nee, kenn ich nicht.» Charlys Ruhrpottslang, den er nie zu verleugnen versucht hatte, erhielt durch die Heiserkeit, die er sich errauchte, eine besondere Färbung. «Müssen neu sein.»

«Die sehen wir uns an», sagte Stefan und reichte Charly die Karte. Gemeint war natürlich, *Charly* solle alles über die beiden herausfinden und es ihm dann melden.

Stefan drehte das Radio auf volle Lautstärke und begann lauthals, mit der Schnulze, die da lief, mitzusingen.

«Schmakowsky von der Bank hat angerufen. Du sollst ihn zurückrufen», überbrüllte Charly den Freudenausbruch des Komponisten und das immer lauter werdende Fahrgeräusch. Sie hatten inzwischen die Autobahn erreicht und fuhren in südwestlicher Richtung aus der Stadt.

«Was wollte er?»

«Will er dir selber sagen.» Charly grinste wieder.

«Jetzt rück schon raus, Charly, kriegen wir die Kohle oder kriegen wir sie nicht?»

Charly klackte, immer noch grinsend, das Telefon aus seiner Halterung am Armaturenbrett und wedelte damit herum. «Anrufen! – Selber hören!»

Stefan schnappte sich das Gerät. «Na, gib schon her, du Affe.»
Er grölte weiter, während er den Speicher des Telefons nach Schmakowskys Nummer durchsuchte. Erst als der Banker sich meldete, drehte er das Radio leiser.

«Hier – ist – Stefan – Grundler!» Er sprach jedes Wort einzeln und wie einen Optionsschein auf künftige Gewinne aus. «Sie wollten mich sprechen.»

«Ja, Herr Grundler.» Schmakowskys quäkende Stimme war eine Tortur für die Ohren, aber seine Qualitäten als Banker ließen Stefan ertragen, was er bei anderen nie ertragen hätte. «Es geht um Ihren Kreditantrag. Wir könnten dann jetzt ... Ich meine, wenn es Ihnen recht wäre, könnten wir einen Termin vereinbaren.»

«Das heißt, der Kredit ist durch?» Stefan schlug sich mit der freien Hand auf den Schenkel und schmatzte einen Kuß in den Hörer. «Herr Schmakowsky, Sie kriegen von mir 'ne Kiste Schampus, Sie sind der König der Geldingenieure, ich komme jetzt! Charly, gib Gas! Wir sehen uns gleich, Schmakowsky, wir *kommen*!» Er drehte das Radio wieder laut und brüllte zur Melodie von Rod Stewarts «Have I Told You Lately That I Love You»:

«Das sind zweieinhalb Millionen Mäuse
Nur für mich und dich und niemand sonst
das sind zweieinhalb Millionen Mäuse
Charly, mach, daß du zur Bank hinkommst!»

Und so fuhren sie in Potsdam von der Autobahn wieder ab, hinein in die Hauptstadt Brandenburgs und zur Filiale der Dresdner Bank, wo Schmakowsky arbeitete.

Jetzt würde er sich die neue Studioausrüstung bestellen können, und für ein neues Auto für Eva würde es auch reichen, und Charly würde er vielleicht endlich ein neues Gebiß spendieren und Malte ein Pony und sich selbst jemand, der ihn täglich massierte, und es würde nur noch besten Brunello geben und ein Flugzeug – nein, ein Flugzeug noch nicht, aber das würde auch nicht mehr lange dauern, und die Zeitungen würden voll von ihm sein, und in die Musikgeschichte würde er eingehen, und alles verdankte er Lilà, Lilà, die von den Toten wiederauferstanden war, und ihrer Spinnerei mit Astrologie, und nachher mußte er noch die Forellen abholen, und Rod Stewart hat schon eine geile Röhre, und –

Wie ein Stein war Stefan von einem Moment zum anderen auf seinem Sitz in Schlaf gesunken, und Charly beförderte seine teure Fracht, verläßlich wie immer, auf ihre Latifundien.

28. Dezember 1999
19 Uhr 30

Mein 88er Alfa röhrte durch den Schneeregen nach Südwesten, vorbei an der Anschlußstelle Spanische Allee, dem ehemaligen Kontrollpunkt Dreilinden, Potsdam-Babelsberg, am Kreuz auf den Außenring Richtung Westen, nächste Ausfahrt Ferch – ich kannte den Weg schon. Vor wenigen Tagen hatte ich ihn bei ähnlichem Wetter zurückgelegt, mein Assistent Michael Hain hatte am Steuer gesessen damals, und ich war noch in Amt und Würden gewesen.

Das Auto hatte ich wegen Martha gekauft. Ich war zwei Jahre mit ihr verheiratet gewesen, und sie hatte gleich zu Beginn unserer Beziehung befunden, daß ein Kriminalpolizist, wenn er schon so ein weiches Gesicht habe wie ich, wenigstens mit Hilfe eines Autos zum Ausdruck bringen solle, daß er ein ganzer Kerl sei. – Ich glaube, Martha hat mich nie verstanden.

Für den märkischen Winter der Jahrtausendwende war das Fahrzeug nicht gemacht, die Heizung war nicht in der Lage, Behaglichkeit zu erzeugen.

Aber das war jetzt vollkommen gleichgültig. Neben mir saß Lilà, eingemummt in ihren grauen bodenlangen Wollmantel, die vollen Wellen ihrer pechschwarzen Haare so zur Seite gelegt, daß ich ihr Gesicht in der Dunkelheit des Wagens gegen die beschlagenen Scheiben erahnen konnte, wenn ich ab und zu hinüberblickte. Sie hatte mich schon einige Minuten lang angesehen, und es war mir nicht unangenehm geworden.

Ich hatte Lilà meinen etwas ungewöhnlichen Werdegang in gro-

ben Zügen schon erzählt. Und gerade sein Beginn, der im dunkeln lag, schien sie besonders zu faszinieren.

Ein Zettel, auf dem «Michael» stand war, außer den Kleidern, die ich trug, das einzige gewesen, was mir meine Mutter – ich vermute doch, daß sie es war, die mich da als Säugling aussetzte – mitgegeben hatte, als man mich im Alter von vier bis sechs Monaten eines Oktobermorgens im Jahre 1959 auf den Stufen der St.-Konrad-Pfarrei in Berlin-Schöneberg fand. Ich wuchs dann zuerst in einem katholischen Waisenhaus und ab etwa drei Jahren bei den Obstladenbetreibern Inge und Sebastian Neber als ihr Adoptivkind auf.

Dem Umstand, daß ich keinen bekannten Geburtsort und keine bekannte Geburtszeit hatte, maß Lilà eine große Bedeutung bei. Sie behauptete, ich sei ein «Arachne»-Geborener, unter dem Schutz dieses verborgenen dreizehnten – oder nullten! – Sternzeichens stehend, prädisponiert, diesen Fall, den sie als äußerst komplex darstellte (und da konnte ich ihr nur recht geben!), mit Hilfe von «Empathie», Einfühlung, zu lösen. Zu diesem Zweck hatte sie mich in ein Unternehmen gelockt – CAPRICORN MULTIMEDIA MARKETING (die mit dem attraktiven Catering!) –, wo unter der Leitung eines fünfzehnjährigen Wunderknaben ein Gerät entstanden war, mit dem ich soeben eine wahrhaft erstaunliche Erfahrung gemacht hatte:

Die genauen Geburtskoordinaten des Hauptverdächtigen Gregor Falkmeier waren in einen Computer eingegeben worden, ich befand mich auf einer Liege in einem würfelförmigen Glasgebilde, das sie wegen seiner holografischen Fähigkeiten HOLY nannten, hatte einen Sensor auf der Stirn und machte eine zutiefst beeindruckende virtuelle Reise durch das Leben ebendieses Gregor Falkmeier. Wenn an dem, was mir die Wundermaschine zu suggerieren versuchte, irgend etwas Reales war, dann konnte Falk-

meier Eva Grundler nicht getötet haben. Der einzige, der außer ihm als Täter in Frage kam – wenn auch sämtliche Indizien dagegen zu sprechen schienen –, war der Ehemann der Ermordeten, Stefan Grundler.

Lilà hatte mir in der kurzen Zeit unserer Bekanntschaft verblüffende Proben ihrer hellseherischen und auch hellhörigen, oder wie man das nennen sollte, Fähigkeiten gegeben. Sie schien bisweilen auf direktem Wege in das Innere meines Kopfes zu gelangen. Das bedrohlichste daran war die Vorstellung, daß sie auf diese Weise auch die eine Frage lesen konnte, die ich vor ihr am meisten verbergen wollte: Was war ihre Rolle in dem Spiel? – Immerhin war sie wenige Augenblicke nach der Tat am Todesort ihrer Freundin erschienen. Auch wenn sie aller Wahrscheinlichkeit nach als Täterin auszuschließen war, schien mir in diesem Fall mittlerweile fast alles möglich.

Ich wurde durch ihre Nähe in eine Hitze versetzt, die ich noch nicht erlebt hatte. Als wir schweigend auf glitschigem Kopfsteinpflaster, eine Schleppe von Alfalärm um uns schlagend, durch die spärlich beleuchteten Straßen von Ferch fuhren, um zu Grundlers abgelegenem Besitz zu kommen, sah sie mich nur an, und ich war bereit, ihr bedingungslos mein Leben zu schenken.

Zum Glück blieb ein Rest von mir bei Verstand.

Der Wagen fiel mir sofort auf. Es war ein dunkler Audi, der am Ufer des kleinen Weihers geparkt war, ganz am Anfang der Privatstraße, die zum Grundlerhof führte. Auf ihr mußte man in einem weiten Bogen um den Weiher herumfahren, wenn man zu dem Anwesen wollte. Es war von hier noch nicht zu sehen, der Blick war verstellt durch ein Wäldchen, das zwischen Weiher und Gebäuden wuchs.

Der Audi stand also etwas unmotiviert in der einsamen nächtlichen Landschaft herum. Außerdem trug er ein holländisches

Kennzeichen, das intensiv orangegelb aufleuchtete, als meine Scheinwerfer es erfaßten.

Wir folgten langsam der Straße um Weiher und Wäldchen. Im nassen, dünnen Schnee gab es jetzt keine Wagenspuren mehr. Ich parkte mein lautes Vehikel unter dem großen Baum, der in der Mitte des weiten Karrees der Anlage stand, und wir stiegen aus. Es gab ein Haupthaus, das ich vor einigen Tagen schon einmal betreten hatte, und eine in der Dunkelheit nicht genau bestimmbare Anzahl von Nebengebäuden, von denen am auffälligsten eine Kapelle war, aus deren kleinen erleuchteten Fenstern laute Musik drang. Auch in dem schloßartigen Wohngebäude brannte Licht.

«Stefan ist bei der Arbeit», sagte Lilà. «Er wird toben, wenn wir ihn stören.»

«Ich muß ihn fragen, wieso er Falkmeiers abenteuerliche Version von der Polizeiverschwörung und vom geheimnisvollen unbekannten Killer glaubt. Schließlich will er keine fünfzig Meter vom Tatort entfernt gewesen sein, als es passierte.»

«Stefan haßt Gregor», bestätigte Lilà. «Ja, frag ihn. Ich geh ins Haus und seh nach Malte.»

Der Schneeregen war stärker geworden, und es war höchst ungemütlich. Dennoch berührten wir uns mit unseren Blicken länger als notwendig.

Dann drehte ich mich mit einem «Bis gleich» ab und stapfte auf die geschnitzte Tür der Kapelle zu. Plötzlich hielt mich Lilàs panisch klingende Stimme auf.

«Michael!»

Ich war schon fast an der Tür und sah über die Schulter.

«Paß auf!»

«Worauf?»

«Von außen, es kommt von außen!» Sie klang alarmiert.

«Gut, ich paß auf», antwortete ich, ohne zu wissen, was ich da-

mit meinte. Sie zog die Schultern hoch und lief durch das Schneetreiben zur Eingangstür des Hauptgebäudes.

Der Zugang zur Kapelle war verschlossen. Ich suchte vergebens nach einer Klingel, dann klopfte ich heftig gegen das Holz. Offenbar konnte Grundler mich nicht hören. Ich ging um das tönende Gebäude herum – ich mochte die Musik, die ich da hörte, sie schien mir kraftvoll und klar – und blickte durch eines der hofseitigen kleinen Fenster hinein. Dort tanzte Grundler, nackt, inmitten eines Raumschiffs von Computern und Klaviaturen und unzähligem anderem elektronischen Gerät, die Arme halb erhoben, die Augen geschlossen, ekstatisch zu den Klängen, die aus riesigen Boxen kamen. Künstler sollen exzentrische Wesen sein, hatte ich gehört; aber daß hier einer im Adamskostüm den Beethoven spielte, eine Woche nachdem er seine Frau verloren hatte, überraschte mich doch.

Von jetzt an ging alles ganz schnell. Ich klopfte gegen das Glas, aber Grundler reagierte nicht. Ich konnte sehen, daß die gegenüberliegende Wand der Kapelle – unter großzügiger Auslegung denkmalschützerischer Vorschriften, dachte ich kurz – fast komplett entfernt und durch ein Fenster ersetzt worden war, das bis zum Boden reichte. Wenn ich mich dorthin stellte und mit den Armen wedelte, müßte er mich irgendwann bemerken, also umkreiste ich den etwa sieben mal fünfzehn Meter großen Bau, bis ich auf die Seite mit der Glaswand kam. Auf der Scheibe, durch die hindurch ich Grundler in all seiner männlichen Pracht tanzen sah, bewegte sich ein kleiner, leuchtendroter Punkt. Er versuchte, den Bären, der dort wie auf einer Bühne sich drehte, zu fixieren.

«Grundler!» schrie ich, «in Deckung!»

Im selben Augenblick flog das Glas in tausend Stücken aus dem Rahmen in das Gebäude, gleichzeitig prallte mit verdoppelter Wucht die Musik an mein Ohr. Grundler war getroffen, er lag ver-

dreht, mit um den Hals geklammerter Hand auf dem splitterübersäten Boden seines Studios. Unter seiner Hand quoll pulsierend dickes Blut hervor. Mein Schrei mußte den Schützen irritiert haben, und er hatte in letzter Sekunde verzogen, sonst hätte der Profi, der er sein mußte, nicht den schweren Kopf des Komponisten verfehlt.

Das alles nahm ich wahr, während ich mich zu Boden fallen ließ. Eine unendlich lange Zeit, wie mir schien (in Wirklichkeit können es nur wenige Atemzüge gewesen sein), lag ich flach, ließ mich einschneien und hörte die Musik. Ein starkes Gefühl von Sehnsucht lag darin, wie ein Vollmondabend am Meer. Sie erstarb in einem zarten Akkord, und es herrschte tiefe Stille.

Dann wurde ein Motor angelassen, es mußte der holländische Audi sein, und auch dessen Geräusch verklang rasch auf der Straße Richtung Ferch.

30. Juli 1999

Er hatte selbst gekocht. Es gab eine einfache, klare Bouillon, gewürzt mit Ingwer, der den Gaumen künftigen Genüssen gegenüber so herrlich aufgeschlossen macht. Danach einen kleinen Salat, mit steirischem Kernöl angemacht und bestreut mit hauchdünnen Scheiben Parmesan. Bis hierhin wurde Champagner getrunken, zu den fangfrischen Forellen aus Gartzens Weiher wechselte man zu einem leichten chilenischen 92er Chardonnay, kein wirklich großer Wein, aber seine Aufgabe, mit der Kräuterkruste, in der die Fische gebacken waren, zu harmonieren, löste er mehr als zufriedenstellend. Als Hauptgang brachte Gesine die beiden Rehrücken aus der Küche, dazu in Salbeibutter geschwenkte Kartoffeln, ein paar Schüsseln feingedünstetes, knakkiges Gemüse – Erbsenschoten, Fenchel, Karotten, Tomaten … Unübertrefflich! Und jetzt endlich der 62er Brunello, auf den er sich schon den ganzen Abend gefreut hatte. Einen Reichtum an Geschmacksnuancen hatte dieser Wein, seine Wärme und Fülle drang ihm herrlich in alle Fasern des Körpers. Jetzt mußte er sich noch darum kümmern, daß Gesine rechtzeitig die Topfenpalatschinken (ihre Spezialität!) brachte, Kaffee, Cognac, Zigarren bereit hielte …

Das Leben konnte wahrhaft köstlich sein. Umgeben von guten Freunden, einen so erfolgreichen Tag mit einem Festmahl abzuschließen – angenehm berauscht, erhoben, belohnt –, was gab es Besseres? Es war so warm, daß der lange Tisch im Hof unter der großen Linde aufgestellt worden war. Der Duft der Kletterrose, die an der Wand des Haupthauses hochstieg, vermischte sich mit dem Bouquet des Rotweins in Stefans Glas. Seine Haut war überzogen mit einem Film von Glück. Die Gäste waren satt, angetrunken und in lebhafte Unterhaltungen vertieft. Er legte eine Hand auf den Kopf seiner blonden irischen Wolfshündin Janis, die sich zwischen ihn und Charly gedrängt hatte, lehnte sich einen Moment zurück und betrachtete die Runde.

Alle waren da.

Gleich rechts von ihm, immer an seiner Seite, Charly. Er sprach mit hochrotem Kopf und heiserem Bottrop-Slang auf Frau Professor Munde ein, die seiner mit deftigen Ausdrücken gewürzten Rede interessiert lauschte, während er sich bestimmt das fünfte Bier reingoß, den Brunello verschmähte er nach einem Anstandsschluck. Der kleine Charly mit der Ruhrpottfresse und dem großen Durchblick, dessen Verbrauch an Koks im Streß der letzten Zeit wohl ziemlich gestiegen war … Aber daß er, nach seinem Herzinfarkt vor sechs Wochen, heute schon wieder auf der Matte stand, gerade heute, das würde Stefan ihm nie vergessen.

Und Gesine war hier. Gesine war eine Reminiszenz aus der Jugend. Vor fünfzehn Jahren hatte er sie mal nach einem Konzert in Wien kennengelernt. Damals hatte er noch Zeit gehabt für Auftritte mit der Band, als Pianist. Gesine studierte Sozialpädagogik. Nach zwei, drei Wochen hatten sie sich aus den Augen verloren.

Als sie mit Selma, ihrer vierzehnjährigen Tochter, plötzlich auf dem Hof stand, kurz nachdem er Eva geheiratet hatte vor eineinhalb Jahren, brauchten die Grundlers dringend eine Hilfe für das große, neue Haus. Eine Fügung! Es war ihm nur vollkommen rätselhaft, wieso Gesine ihm nicht sagte, daß Selma sein Kind war. Sie hatte nie auch nur eine Andeutung in dieser Richtung gemacht. Er würde sich natürlich hüten, schlafende Hunde zu wecken, aber die Ähnlichkeit war schlagend, und der Geburtstag und alles andere paßte auch! Eigentlich ein Wunder, daß auch Eva nie ein Wort darüber verlor.

Selma war ein liebes Kind. Er mochte es, wie ruhig sie sich bewegte, wie freundlich und aufgeschlossen sie war. Er war stolz, ihr Vater zu sein, auch wenn niemand sonst das wußte. Auch für Malte war sie ein Segen. Der Junge hatte einiges mitgemacht, und so eine ausgeglichene ältere Schwester, denn das war sie ja irgendwie, tat ihm gut.

Eva und Gesine verstanden sich auch! Keine Konkurrenz, kein Gekeife, keine Szenen. Und wenn Stefan Gesine in ihrer Wohnung im ehemaligen Gesindetrakt besuchte, bekam Eva das gar nicht mit. Ein stilles Arrangement. Wieso es mit Worten stören, wenn es niemandem weh tat? Außerdem war Gesine absolut unverzichtbar in der Küche. Das Menü von heute abend hätte er ohne ihre Hilfe niemals hingekriegt.

Er fing einen Blick von Eva auf. In letzter Zeit lag immer öfter ein leiser Vorwurf in ihren Augen. Aber sie hatte sich hübsch gemacht heute abend. Sie trug das weiße Kleid mit den großen orangeroten Blumen, das sah nett aus zu ihrem rötlichblonden Haar. Jetzt stand sie auf, um Malte gute Nacht zu sagen, der von Selma schon ins Bett gebracht worden war. Ihre Figur war immer noch genau so, wie er es mochte: volle Brüste, die sich ohne jede Hilfestellung aufrecht hielten, ein runder, kräftiger Hintern …

Sie hatte den Jungen schon gehabt, als er sie traf, und nach der Hochzeit hatte er ihn adoptiert. Sein Erzeuger saß ja im Knast, da zeigte sich das Jugendamt problemlos einverstanden.

Es gefiel Stefan, eine junge Frau zu haben, die was hermachte.

Kochen war zwar nicht ihre Stärke, und sie war vielleicht ein bißchen dumm, aber das machte sie durch Mütterlichkeit und Hingabe wett. In der Küche und für gewisse wildere Sachen gab's Gesine. Aber heimkehren, sich ausruhen, Kind werden – und sich damit wirklich erstklassig regenerieren! –, das konnte er nur bei Eva. Seit er sie zu sich genommen hatte, war ein Stück Ruhe eingekehrt in sein Leben.

Das Ehepaar redete nicht viel. Manchmal beklagte Eva sich darüber. Worüber sollte er mit ihr reden? Über Musik? Wohl kaum. Sie war seine Frau, und er holte sich, was er brauchte und was er nur bei ihr bekommen konnte. Sie machte sein Leben schöner, und dafür liebte er sie.

Das war anders gewesen mit Susanne, die jetzt darauf bestand, Lilà genannt zu werden! Susanne konnte wirklich anstrengend werden. Mal brave Waldorfschülerin, mal fordernd wie eine Domina. Mal sagenhaft sexy und wild, dann wieder, als hätte man ihr gerade erzählt, ihr Opa wäre gestorben. Schauspielerin, wenn auch nur mittelerfolgreich. Und nach dem Unfall war mit der Bühne natürlich sowieso Schluß gewesen.

Daß sie heute abend hier an seinem Tisch saß, während er sich seine Montecristo schnitt und anzündete, war wirklich ziemlich verrückt – aber vielleicht auch wieder nicht. Es gab nun mal mehrere Frauen in seinem Leben, und wenn sie sich so einträchtig um ihn versammelten wie heute, dann konnte daran doch wahrhaftig nichts Schlechtes sein.

Natürlich hatte Lilà keinen Bissen von dem Fleisch gegessen, nicht mal Fisch! Aber er hatte Gesine gebeten, für den vegetarischen Gast Artischockenböden in Safran zu machen.

Susanne, alias Lilà, war erstaunlich. In Gedanken nannte er sie meist auch mit diesem neuen Namen, der tatsächlich gut zu ihr zu passen schien; sie hatte erklärt, daß er «Spiel» bedeute.

Sie war wunderschön, hatte eine aufregende Figur, war nicht dumm – und lief total neben der Spur. Im letzten Sommer, sie war seit kurzem aus dem Koma erwacht, war Eva von ihrem ersten Besuch bei ihr in der Reha-Klinik zurückgekommen und ganz fassungslos vor Erleichterung gewesen: Sie hatte der Freundin erklären müssen, daß *sie* jetzt auf Stefans Hof lebte und seine Frau war! Und Lilà hatte ihr keine Vorwürfe gemacht!

Ja, er und Susanne waren ein Paar gewesen, vor dem Unfall. Aber ihr schwieriger, wankelmütiger, launischer Charakter hatte ihn schon bald so erschöpft, daß er nur noch mühsam das Bild der «interessanten Beziehung» aufrechterhalten konnte. Sie hatte sich auch immer beharrlich geweigert, ihn endlich zu heiraten! Auf der Einweihungsparty für den Hof war sie dann aus Wut über einen kleinen Flirt, den er mit ihrer besten Freundin hatte – Eva, seiner jetzigen Frau –, ins Auto gesprungen und losgefahren. Unfall. Ursache unklar. Fast ein Jahr Koma. Plötzlich hatte sie die Augen aufgeschlagen und war wieder dagewesen. Sie erfuhr, daß sie ein Jahr verloren hatte, daß ihre beste Freundin mit dem Mann verheiratet war, mit dem sie auf diesem Hof hier angefangen hatte, daß keiner mehr daran geglaubt hatte, daß sie noch mal hochkommen würde, und sagte: «Das ist alles in Ordnung. Macht euch keine Gedanken! Ich bin sowieso jetzt eine ganz andere, ab sofort heiße ich Lilà. Die Sterne werden schon Ordnung ins Chaos bringen.» Das war doch verrückt!

Aber gleichzeitig hatte ihm ihr Sternen-Spleen zu dem bisherigen Höhepunkt seiner Laufbahn verholfen: Berlin würde eingetaucht sein in ein Meer von Klängen und Bildern. Eine ganze Nacht lang würden seine Erfindungen überall zu hören sein, die Menschen würden hinaufschauen zum Himmel, auf dem sie Zeichen und Wunder sehen würden. Zwölf Tonarten, wahrscheinlich würde er bei Widder mit C-Dur anfangen. Zwölf Hauptschauplätze, für jedes Sternzeichen, jeden musikalischen Satz einen. Riesige Leinwände an diesen Orten, auf die die Ereignisse der jeweils anderen Zentren projiziert werden würden. Für jeden etwas und doch vereinend, das Ritual, das diese immer noch geteilte Stadt für den Schritt ins nächste Jahrtausend brauchte.

Und das verdankte er Lilà. Wenn sie ihm nicht mit diesem Astrokram auf die Nerven gegangen wäre, hätte er niemals die Idee gehabt.

Susanne hatte das «Spiel der Sterne» angebracht, Eva und sie hatten es ständig gespielt, ein Brettspiel, mit Karten und Planetenfeldern, dazugehörigem Orakelbuch …

Er selbst konnte mit Susanne praktisch nicht mehr reden, er verstand nur das wenigste von dem, was sie sagte. Aber Eva und sie waren jetzt noch dicker zusammen als vor dem Unfall, weiß der Teufel, wie die Weiber das machten, nach allem, was passiert war, fast schon unheimlich. Gerade jetzt steckten sie die Köpfe zusammen und guckten zu ihm rüber, das mochte er nicht, er hatte immer das Gefühl, sie machten sich lustig über ihn.

Der Ärger über die beiden und das ganze Esozeug, mit dem sie ihre Zeit verplemperten, war der Anstoß gewesen. Ganz plötzlich war es da: LUDUS STELLARUM, die Sternenwolke, das Tor in die Zukunft, die Millenniumssymphonie.

Jetzt mußte er nur noch schreiben. Ein Schwall von Angst schoß ihm in die Schläfen. Wirst du das schaffen? Wird niemand merken, daß du ein Hochstapler bist? Daß deine Musik hohl und stumpf ist?

Herr und Frau Professor Munde waren heute zum ersten Mal hier. Sie schienen sich zu amüsieren bei «Künstlers». Munde sprach mit Susanne. Erstaunlicherweise schien er nicht irritiert über das, was sie ihm sagte. Stefan fing Fetzen auf von «Uranus rückläufig, negative Besetzung im zehnten Haus, karmischer Ausgleich».

Nun würde er sich ja notgedrungen auch mit diesen Dingen beschäftigen müssen. Aber wie man stundenlang ernsthaft darüber reden konnte, war ihm ein Rätsel.

Der stille Nachbar Gartz mit den Apfelbäckchen und dem verschmitzten Blick war da, mit seiner ebenso dicken wie lauten Frau. Guter Mann. Mit dem frühmorgens bei Nebel wortlos zu Fuß den Weg zur Koppel gehen – so was baute einen auf für den ganzen Tag.

Petersen, der Fotograf. – Für alle Fälle.

Und Heiner: Heiner war auch was aus der Jugend, aber anders. Gerade stand er auf und holte seine Oud aus dem Instrumentenkoffer, nachdem er mit einem Blick Stefans Einverständnis erfragt und erhalten hat. Er war ein Oud-Virtuose. Irgendwann hatte er diese arabische Laute entdeckt, die Vorgängerin unserer Gitarre mit dem nach hinten abgeknickten Wirbelbrett, und es zu wahrer Meisterschaft darauf gebracht. Er setzte sich auf einen Hocker, ein paar Meter entfernt vom Tisch, und begann, auf seinem Instrument zu präludieren.

Heiner war Stefans Grundlers musikalischer Assistent. Stefan komponierte schnell, sehr schnell. Heiner übertrug alles in das Notationsprogramm des Computers, hielt fest und veränderte nach Stefans Anweisungen, unterstützte ihn bei Arrangement und Instrumentierung, engagierte und koordinierte Studiomusiker – und spielte abends auf Wunsch die Oud, was wirklich eine erlesene Atmosphäre erzeugte. Stefan liebte arabische Musik.

«Ist dir bewußt, daß wir zu zwölft sind, Stefan?»

Susanne strahlte ihn von der schräg gegenüberliegenden Ecke

 des Tisches aus an. Der Mond war über dem Dach der Kapelle aufgegangen, die Klänge von Heiners Instrument verdichteten sich zu einem ersten Ostinato. Die Aufmerksamkeit der ganzen Runde wendete sich dem Hausherrn zu.

«Ja, es ist mir bewußt!» sagte er mit einem Lächeln, über dessen Charme ihm schon manches Kompliment gemacht worden war.

«Das ist doch wohl kein Zufall!» beharrte Lilà.

«Nein, Susanne», erklärte er im Ton eines Predigers (aussprechen mochte er den Namen Lilà nicht; das kam ihm irgendwie künstlich vor). «Es gibt keine Zufälle, wie du weißt. Der Schöpfer – in dem Fall also ich – hat tiefe Gedanken gedacht darüber, wie er den Kosmos dieses Abends hinausgebären soll in die Welt der Erscheinung. Da erstand vor seinem Auge die Zwölfheit. Und er sagte sich: Jawohl, zwölf sollen es sein und du selbst einer von ihnen – also mach dich darauf gefaßt, daß 'ne Menge weggesoffen wird, und hol besser zwei von diesen köstlichen Rehrücken! – Trinkt, Leute, trinkt!» rief er und erhob selbst das Glas, in dem der Rotwein schwankte.

Charly neben ihm lachte so heftig, daß sich sofort ein Hustenanfall anschloß. Die ganze Gesellschaft lachte, auch Susanne. Und auch Günther lachte.

Ja, sie hatte recht: Mit Günther waren sie zwölf. Er saß an Stefans linker Seite. Stefan hatte ihm während des Essens das Fleisch auf dem Teller geschnitten, ihn einmal sogar von dem Wein nippen lassen. Dann kam sich der Junge so erwachsen vor. Wenn Günther seine Hand nicht zum Essen benutzte, war sie immer bei Stefan: Sie lag auf seiner Schulter, ruhte in seiner Hand oder umfaßte sie, manchmal streichelte sie ihm übers Haar. Günther war vier Jahre jünger als Stefan. Er war sein Bruder. Er war ein Mongo.

Wenn Stefan Günther mit diesem Wort bezeichnete, lag darin alle Zärtlichkeit, deren er fähig war. Seine Liebe zu dem Bruder würde niemals aufhören. Er liebte alles an ihm: seine Bescheidenheit, seine Verrücktheit, seine Sanftmut, seine Wahrhaftigkeit, seinen oft zu einem breiten, wissenden Grinsen verzogenen großen Mund, seine Hände und wie sie sich in seinen anfühlten, seine stets tadellose Kleidung, die Herzenswürde, mit der er durch dieses Leben marschierte, die Ernsthaftigkeit, mit der er seinen geliebten Kühen szenische Vorlesungen über den Sinn der Welt hielt, seine unerschütterliche Anhänglichkeit …

Günther war ein großes Geschenk. Einer der Gründe, dieses Gehöft zu kaufen, war, daß er hier bei ihm leben konnte. Alle liebten Günther. Und wenn ihm mal einer blöd kam und Stefan, sein Beschützer, erfuhr das, dann gab's Ärger. Er konnte sich hundertprozentig auf ihn verlassen.

Die anderen auch. – Auch Gesine.

Und Heiner! Heiner war nach der Auflösung von Stefans Band, in der er als Gitarrist gespielt hatte, und einigen anderen gescheiterten Projekten so richtig abgeschmiert. Als Stefan ihn nach ein paar Jahren wieder traf, hatte der gerade den zweiten Entzug hinter sich. Stefan hatte ihm den Assi-Job angeboten, freie Kost und Logis in guter Luft, jede Menge Arbeit und weit und breit keine Heroin-Connection, und Heiner hatte angenommen: die letzte Chance, in Würde zu leben! Jemand hatte mal gesagt, Stefan würde ihn sich wie einen Sklaven halten. Das war natürlich Blödsinn. Ohne Stefan wäre Heiner vielleicht tot. Jetzt spielte er die Oud.

Mit Eva war es eigentlich genauso gewesen. Sie war blutjung, stand rum in der Welt wie bestellt und nicht abgeholt mit ihrem Knaben, sein Vater, ein Totschläger, im Knast … Was konnte ihr Besseres passieren als er? Sie hatte jetzt alles, was sie brauchte.

 Stefan bot ihr Geborgenheit auf Dauer, und er wußte, wie wichtig ihr das war.

Einem gefällten Baumriesen gleich ließ Stefan sich rücklings auf das breite Bett fallen. Von hier aus konnte er durch die offene Tür ins Badezimmer sehen, wo Eva nackt vor dem Spiegel stand und sich abschminkte. Die Hausbewohner und die Gäste waren schlafen gegangen. Sie beugte sich nach vorne und Stefans Geilheit regte sich wie ein schwerer, plötzlich angeschobener Stein, der einen Hang hinunterrollt. Er wollte aufstehen und diesen Arsch umfassen, er wollte sie dort, stehend, im Badezimmer, er wollte …

Mindestens zwei von den sechs Flaschen, die er aus seinem Bestand an gutem Rotwein heute abend hatte opfern müssen, hatte er selbst geleert, und wenn man den Champagner, den Chardonnay und die nicht mehr ermittelbare Menge von Grappa hinzuzählte, konnte man sagen, Stefan war rechtschaffen betrunken. Er kam nicht mehr hoch von dem verdammten Bett – und außerdem machte es Eva jetzt schon diesen verrückten Zwillingshühnern nach und verdoppelte sich ständig!

Was für ein Tag!

Jetzt hatte sie sich offenbar zum Pinkeln hingesetzt, er konnte sie nicht mehr sehen, aber das Geräusch, das sie dabei machte, überspülte ihn mit einem neuen Schwall von Begierde.

«Eva! Was machst du?»

«Ich pinkle.»

«Hört sich geil an! Hab ich auch schon?»

«Nein, hast du nicht.»

«Dann muß ich noch.»

«Ja, wahrscheinlich.»

«Ich bin so besoffen, ich komm nicht mehr hoch.»

«Ich helf dir.»

Eva war fertig und trat ins Schlafzimmer. Aber Stefan konnte ihre Schönheit nicht wahrnehmen, er hatte die Augen geschlossen. Sie packte ihn an beiden Händen und versuchte, ihn hochzuziehen. Betrunken war er noch schwerer. Aber schließlich schaffte sie es, den Koloß ins Bad zu bugsieren, ihm die Hose auszuziehen und ihn aufs Klo zu setzen.

«Wir hams geschafft, wir hams geschafft, ich habs geschafft, ich hab's geschafft», sagte er immer wieder und drohte, vornübergebeugt, auf seinem Sitz einzuschlafen.

«Ja, Stefan, du hast's geschafft», sagte Eva leise. Sie half ihm wieder auf und beförderte ihn ins Schlafzimmer. Sie zog ihn aus, deckte ihn zu und löschte das Licht.

Wenn Stefan nicht sofort eingeschlafen wäre, hätte er sehen können, wie Eva ans Fenster trat, ihren Körper vom Mondlicht bescheinen ließ und sich sehnsuchtsvoll und begehrlich streckte.

Und hätte vielleicht geahnt, daß diese Sehnsucht nicht ihm galt.

Wenn noch mehr solche Wunder geschähen, hätte Grundler vielleicht Aussicht, zu überleben. Aber ich hatte den Eindruck, daß das allgemeine Reservoir an Wundern für heute schon ausgeschöpft war, und schätzte daher seine Chancen auf eins zu hunderttausend.

28. Dezember 1999
21 Uhr

Das Projektil hatte seitlich seinen Hals durchdrungen und die Schlagader erwischt, sie aber, wie ich später vom Notarzt erfuhr, nicht völlig zerstört. Deshalb hatte es geholfen, daß ich, als ich das Auto des Attentäters wegfahren hörte, sofort durch die zersplitterte Scheibe zu Grundler gestürzt war, sein herumliegendes Hemd gepackt und es auf die Wunde gepreßt hatte. Und es hatte auch eine Rolle gespielt, daß unmittelbar darauf ein spärlich bekleideter dünner Mann – später stellte er sich als Grundlers Assistent Heiner Würzbacher vor – auf meine Hilfeschreie hin erschienen war und vom Studiotelefon aus den Rettungsdienst gerufen hatte. Keine vier Minuten später war der Notarzt eingetroffen. Er hatte ruhig und konzentriert getan, was zu tun war. Aber als die Trage, auf der Grundler lag, in den Wagen geschoben wurde, sagte er mit Bedauern: «So viel Blutverlust – es wäre ein echtes Wunder!», sprang hinein zu seinem Patienten, und mit Sirene und Blaulicht raste der Kastenwagen davon, verfolgt von einem verzweifelt bellenden irischen Wolfshund.

Inzwischen war das Gehöft in helles Licht getaucht. Die Kollegen aus Beelitz hatten Verstärkung in Potsdam angefordert, und die fuhren alles auf, was sie zu bieten hatten: Lastwagenkräne für das Flutlicht, eine Hundestaffel, sogar einen Hubschrauber beka-

men sie, der die Verfolgung des flüchtigen Audi aufnehmen sollte.
Das Problem war nur, daß der Killer da schon seit über einer halben Stunde weg war und das sinnlose Knattern über unseren Köpfen uns noch verrückter machte, als wir sowieso schon waren.

Natürlich hatten die Kollegen meine Angaben zur Person gecheckt und fanden bestätigt, was ich ihnen über mich gesagt hatte: Kriminalhauptkommissar Michael Neber, Mordkommission Berlin, z. Z. a. D. gestellt, anhängiges Verfahren wg. Amtsmißbrauch, wohnhaft Berlin, Willmanndamm, usw.

Als unmittelbarer Tatzeuge wurde ich auch zart danach abgeklopft, ob ich als Täter in Frage käme. Aber erstens gibt es bei Polizisten einen Urinstinkt, einander zu schützen und notfalls auch zu decken, was Vernehmungen unter Kollegen zu einer reichlich schlittrigen Angelegenheit macht, und zweitens bestätigte die erste Spurenaufnahme lückenlos meine Aussage.

Der Schütze hatte in dem Wäldchen, das die Kapelle von dem dahinter liegenden Weiher trennt, Position genommen. Idealer hätte er nicht wählen können. Das Ziel war alleine, ausgestellt wie in einer Vitrine, die nur von hier einsehbar war. Der Fluchtweg zu seinem Wagen betrug etwa 60 Meter, nur ein kleines Stück am Wasser entlang. Mit dem Auto auf Grundlers Privatstraße bräuchte man bis zu demselbem Punkt sicher zwei bis drei Minuten. Also selbst für den mehr als unwahrscheinlichen Fall, daß ihm vom Hof jemand folgen würde – er konnte sicher sein, daß er einen Vorsprung von mindestens fünf Minuten haben würde, die kürzestmögliche Reaktionszeit eines potentiellen Verfolgers angenommen. Und fünf Minuten sind eine lange Zeit für einen Profi.

Lilà hatte beschlossen, Malte mit in die Stadt zu nehmen. Obwohl es gelungen war, vor ihm zu verheimlichen, was tatsächlich geschehen war, stand der Kleine unter Schock. Sie hielt ihn, fest in eine Decke gewickelt, auf dem Arm und stieg mit ihm hinten in meinen Alfa. Die erste Zeugenvernehmung war abgeschlossen, man hatte uns entlassen und gebeten, morgen ins Präsidium nach Potsdam zu kommen. Ich verabschiedete mich von dem leitenden Kommissar und setzte mich auf den Fahrersitz. Wir hatten vereinbart, daß ich Malte und Lilà zu ihrer Wohnung in Kreuzberg bringen würde. Da öffnete sich die Beifahrertür und Günther, den Kopf mit einer dicken Fellmütze vor der Kälte geschützt, stieg ein.

«Günther will auch mitfahren», sagte er.

«Günther, wir fahren nach Berlin!» wandte Lilà von hinten ein, die Arme um das Kind geschlungen.

«Günther will auch mitfahren», wiederholte er und zog die Autotüre zu. Günther war, wie ich heute erfahren hatte, Grundlers Bruder. Wie alle Menschen mit Down-Syndrom, die ich kannte, war er mir sofort sympathisch gewesen.

«Gut, du kannst bei mir bleiben», sagte Lilà. «Ist vielleicht auch besser für Malte.»

Der kalte Motor des Alfa knatterte, als ich Richtung Berlin aufbrach – zusammen mit der rätselhaften Frau, die ich liebte; einem fünfjährigen Kind, dessen Vater im Knast saß, das vor acht Tagen durch eine Gewalttat seine Mutter verloren hatte und heute (wenn kein Wunder geschähe) seinen Adoptivvater, und einem erwachsenen Kind, das, kaum waren wir vom Grundstück weg, anfing, Frank-Sinatra-Evergreens vor sich hin zu singen, nicht immer korrekt, aber durchaus erkennbar.

16. Dezember 1999

Donnerstag war Stefans Ringerabend, schon immer. Schon seit der Bamberger Zeit, wo er im Schulverein gewesen war. Er stand unter der Dusche und wusch sich den Schweiß von zweieinhalb Stunden Training vom Leib. Wenn es Ringen nicht gäbe, man müßte es erfinden. Den richtigen Zeitpunkt erwischen, um die Gesetze der Schwerkraft anzuwenden, und zwar mit dem ganzen Körper – die Unverblümtheit der Berührung – der Geruch der Matte – gemeinsam mit dem Gegner die wunderbare Harmonie des Kampfes erstreben – ihn mit der eigenen Kraft auf den Boden nageln …

Wenn ihm das mit seiner Arbeit genauso gelingen würde wie mit seinem Sport, wäre alles in Ordnung. Aber so war es nicht. Es war vielmehr so, daß ihm nichts einfiel. Nein, das war übertrieben, es fiel ihm schon was ein, aber das, was ihm einfiel, war nichts wert.

Eine astrologische Symphonie! Was für ein Wahnsinn! Die einzelnen Sätze sollten zwölf Minuten lang sein, ziemlich kurz, könnte man meinen. Aber das mal zwölf! Zwei Stunden und vierundzwanzig Minuten insgesamt – und woher nehmen?

Er wurde die quälenden Gedanken an das, was sein *opus magnum* werden sollte, einfach nicht los, auch das Messen der Körperkräfte und die anschließende Dusche hatten sie nicht vertrieben. Er trocknete sich ab, stieg in seine Kleider, verabschiedete sich von den Kameraden und fuhr nach Hause. Sein Club war in Potsdam, es lagen also etwa zwanzig Minuten Fahrt vor ihm.

Wie konnte etwas nur so schwer sein? Diese Sternzeichen blieben unklar für ihn. Es war fast so, als hätten diese zwölf «Urkräfte», wie sie in einem Buch genannt wurden, das Susanne / Lilà ihm empfohlen hatte, einen eigenen Willen und eine eigene Sprache. Ihm aber gelang keine kongeniale Gestaltung. Er wollte ja verschiedene Stile einsetzen, so was wie Brucknerbombast bei Löwe, Synthi bei Wassermann, Gesäusel bei Fische. Aber er wußte nicht, wie.

Lilà predigte natürlich immer, er müsse sich nur auf das innere Wesen der kosmischen Kräfte einlassen, dann wisse er schon von selber, welche Musik «stimme». Aber sie mußte sie ja auch nicht schreiben!

Heiner war ihm treu, Charly war ihm treu, Gesine war ihm treu, Lilà war ihm treu, auf ihre Art – alle waren ihm treu. Und Eva sowieso. Das war gut. Er war wahrscheinlich ziemlich unerträglich in der letzten Zeit, aber seine Family stand zu ihm. Das half ein bißchen. Aber es half ihm nicht bei seinem Hauptproblem. Diese ganze Sternenguckerei war ihm zuwider, regelrecht! Er selbst war beispielsweise Stier – na und? Wie war er denn? Und vor allem: Wie *klang* das, was er angeblich sein sollte?

Stefan parkte den Range-Rover gleich am Anfang seiner Privatstraße, direkt am Fischweiher, nahm die Tasche mit den schweißnassen Klamotten vom Rücksitz, stampfte in der Dunkelheit am Wasser entlang und durch das Wäldchen, an der Kapelle vorbei zum Haus. Das tat er manchmal, noch ein paar Schritte am Abend waren gut. Den Wagen würde er morgen früh holen oder noch besser Charly bitten, dem könnte ein bißchen Bewegung auch nicht schaden.

Auf halbem Weg kam ihm aus der Schwärze des Wäldchens die blonde Janis entgegengejagt, sein geliebter Köter, und sprang an ihm hoch. Janis war auch treu. Das war ebenfalls gut.

Als er den Hof betrat, blieb Stefan plötzlich stehen. Er war dem vom immer noch anhaltenden Tauwetter aufgeweichten Trampelpfad zwischen Kapelle und Wirtschaftstrakt gefolgt, und jetzt sah er aus dem vom Eingangslicht des Haupthauses schwach beleuchteten Scheunentor eine Gestalt kommen, die rasch um die Ecke des Gebäudes verschwand.

Er setzte die Sporttasche ab und folgte dem Schatten leise. Erst nach ein paar Schritten fiel ihm auf, daß der Hund nicht mehr da war, aber auch nicht anschlug. Also mußte es jemand vom Hof sein oder Nachbar Gartz, der bei Stefan landwirtschaftliche Maschinen untergestellt hatte …

Als er die hintere Ecke des Gebäudes umrundet hatte, bot sich ihm ein seltsamer, wenn auch durch die Dunkelheit ziemlich undeutlicher Anblick. Da stand ein Mann, der, dem Plätschern nach, das er verursachte, an die Bretterwand der Scheune pißte, und streichelte Janis, die wegen ihres hellen Fells ziemlich gut sichtbar war, den Kopf.

«Hallo?» Stefans Organ war wirklich kräftig, der Mann schnellte herum.

«Wer ist da?» setzte Stefan nach.

Er war Ringer, kein Läufer! Wie sollte er jemanden einholen, der unvermittelt wie ein Senkrechtstarter abhob, um dann, durch die kahlen Johannisbeersträucher brechend, die ihm den Weg versperrten, in einem sagenhaften Tempo das Weite zu suchen?

«Janis! Janis!» Schwanzwedelnd kam die Hündin, die ein paar Sätze mit dem Flüchtenden mitgesprintet war, zurück, setzte sich vor Stefan auf den matschigen Boden und gab einen fragenden Laut von sich.

«Wer war das? Janis, wer das war, will ich wissen!»

Erwartungsgemäß gab das Tier keine Antwort und so ging

 Stefan eine Taschenlampe holen, sah in der Scheune nach und fand ein richtiges kleines Lager dort im Stroh, mit Decken, ein paar Flaschen Bier, und er fand ein kleines Radio, das noch leise vor sich hin dudelte. Dieses kleine Radio hatte er Malte zum letzten Geburtstag geschenkt.

«Eva!» Er stürmte ins Haus. «Eva! Da ist ein Mann in der Scheune! Eva, wo bist du denn?»

Irgendwie war eine merkwürdige Stimmung im Haus. Es war gar keiner da, obwohl es nicht mal elf Uhr war und um diese Zeit sonst immer noch jemand in der Küche saß.

«Eva!»

«Ich bin doch hier, was ist denn?» Eva kam, abgeschminkt, das rötlichblonde Haar schon in nächtlicher Unordnung, die Treppe in die Diele herunter. Sie mußte bereits im Bett gewesen sein.

Stefan streckte das Plastikradio, das er mitgenommen hatte, in die Luft. «Schau! Das lag hinten im Stroh. Da pennt einer. Der hat unsere Decken. Der trinkt mein Bier. Der hat Maltes Radio. – Eva! Wer ist das?!»

Eva wurde blaß. Sie war auf der Treppe stehengeblieben und schlang den Bademantel enger um ihren vollen Körper.

Nach einer Pause – einer zu langen Pause, wie ihm schien: «Eva, ich will wissen, was das für ein Kerl ist!» Stefan hielt immer noch das kleine Gerät in der erhobenen Hand und schüttelte es, als habe er den unsichtbaren Gegner, den er hier witterte, schon an der Gurgel.

Eva schien sich gefangen zu haben. «Das ist ein Penner, der gefragt hat, ob er in der Scheune schlafen darf. Was ist mit ihm?»

«Du läßt fremde Penner in meiner Scheune schlafen?»

«Penner sind alle fremd.»

«Was hat denn das damit zu tun? Wie kommt der an das ...»,
wieder hielt er das Radio in die Höhe.

«Das Radio haben wir ihm geliehen, damit er was hat», unterbrach ihn seine Frau. «Herrgott noch mal, Stefan, mach doch keinen solchen Aufruhr mitten in der Nacht!»

«Auf meinem Hof?! Außerdem, es ist nicht ‹mitten in der Nacht›! Wo sind alle?!» Dabei blickte er sich fast verzweifelt um. «Janis läßt sich von ihm streicheln!»

«Hör doch bitte auf zu brüllen und komm ins Bett, das ist ein ganz Harmloser, dem hab ich zwei Bier gegeben und 'ne Stulle, und er war zufrieden. Es gibt eben Leute, die nix haben! Jetzt komm schon! Die anderen schlafen oder sind unterwegs.»

Und damit kam sie vollends die Treppe herunter, trat barfuß auf die Cotto-Fliesen, mit denen die Diele ausgelegt war, schloß die Haustüre, die zu schließen sich Stefan nicht die Mühe gemacht hatte, nahm ihm das türkis-rosa Kinderradio aus der Hand, hob die Sporttasche, die Stefan hatte fallen lassen, vom Boden und hakte sich bei ihm unter. Ihr Ton wurde zärtlich, als sie ihn Richtung Treppe steuerte. «Du weißt doch, wie Janis ist. Wenn sie mal jemand ins Herz geschlossen hat, dann weiß man auch, der ist O. K. Stimmt's?»

Stefan war schon halb gewillt, das Angebot anzunehmen, das sie ihm zu machen schien: Sex war immer gut. Aber als sie die ersten paar Stufen auf der breiten Treppe hinaufgekommen waren, hielt er noch einmal an.

«Und Malte?»

«Was ist mit Malte?»

«Warum hat der dem sein Radio gegeben?»

«Damit er nicht so alleine ist, Stefan. Och, komm schon hoch jetzt!» Dann blieb *sie* nach wenigen Schritten stehen und klang plötzlich besorgt. «Hast du ihm was getan?»

«Ach was, verscheucht hab ich ihn halt.» Stefan mußte lachen. «Der traut sich jedenfalls nicht mehr her, so wie der abgezischt ist, wie so ’n geölter Blitz! Vielleicht hast du recht, und es ist nur ‹ne arme Sau. Hast du gut gemacht, Schatz.» Er hatte seinen Arm um Eva gelegt und griff nach ihrem festen, großen Busen. «Hast du wahrscheinlich sehr gut gemacht, und ich bin ein unausstehlicher Blödmann, der einfach total überarbeitet ist.»

Sie hatten das Schlafzimmer erreicht. Er besah sich noch einmal den kleinen Kasten, den er aus der Scheune mitgebracht hatte, und schüttelte den Kopf. «Daß er das weggibt ...!»

«War ja nur geliehen.»

Es gab Gründe, warum er Eva gefragt hatte, ob sie seine Frau werden wollte. Einer davon war, wie niedlich sie so einen Satz aussprechen konnte: «War ja nur geliehen.»

Heute war er nicht zu betrunken. Es wurde eine heftige Nacht.

28. Dezember 1999
22 Uhr 45

Nach etwa einstündiger, reichlich unbehaglicher Fahrt (die Heizung! die glatten Straßen!) kamen wir in der Eisenbahnstraße an, wo Lilà wohnte. Der Junge war eingeschlafen, obwohl Günther mit großem Nachdruck sein Sinatra-Repertoire gab und dann noch einmal gab, und Lilà hatte fast die ganze Zeit gesprochen.

Es sei ebensowenig Zufall gewesen, sagte sie, daß wir anwesend waren, als das Attentat verübt wurde, daß vor allem ich anwesend war, wie daß wir uns überhaupt kennengelernt hatten – ebenfalls am Ort eines Verbrechens. Das alles seien Stränge eines großen Geflechts. Dieses Geflecht bilde sich ab in astrologischen Zusammenhängen, es sei ein Spiel der Sterne. Lilà war ganz sicher, daß es meine Aufgabe sei, mit dem Licht der geistigen Erkenntnis in diese noch unbekannten Räume vorzudringen. Das Instrument dafür stehe, wie ich wisse, bereit: HOLY.

Auf dieselbe Art, wie ich in Gregor Falkmeiers Leben eingedrungen war, müsse ich nun auch Stefan Grundler virtuell begleiten, und zwar noch heute Nacht. Sie selber könne diesmal nicht dabeisein – Malte müsse ins Bett gebracht und behütet werden. Aber Frederik und die anderen Mitarbeiter von STARGAME (so nannten sie bei CAPRICORN das ganze Projekt) stünden zur Verfügung. Sie gab mir einen Zettel, auf dem sie Grundlers Geburtskoordinaten notiert hatte. Sie habe ihm schließlich oft genug das Horoskop gestellt, als sie noch ein Paar waren und auch später.

Diese Daten mußten in den Rechner eingegeben werden, der das «autoholographische» Wunderding HOLY steuerte. Dann würde ich wissen, ob mein Verdacht gegen Grundler berechtigt wäre – und vielleicht auch, was hinter dem heutigen Anschlag auf sein Leben steckte.

«Verhindere, was bereits geschehen ist!» Das sei meine Mission als Arachne-Geborener, hatte sie gesagt. Ich konnte nichts anfangen mit diesem paradoxen Satz.

Die Maschine hatte mich in Falkmeiers Vergangenheit geführt, ich hatte ihn bei seinem rasanten Lauf zwischen der Befreiung aus dem Gefängnis – das war am 12. Dezember gewesen – und seiner erneuten Verhaftung begleitet, war ihm so nahe gekommen, daß ich bisweilen zwischen ihm und mir selber kaum mehr unterscheiden konnte. Aber abgesehen von der Frage, ob diese körperlose Reise durch Raum und Zeit irgend etwas Objektives zutage förderte, war mir eines ganz klar geworden: Ich konnte nicht eingreifen in das Geschehen, war nur macht- und tatenloser Zuschauer.

Lilà wohnte im sechsten Stock. Ich bin bei einer Größe von 1,73 mit meinen 80 Kilo nicht gerade ein Leichtgewicht, dazu kam der schlafende Malte, den ich trug, so war ich außer Atem, als ich das Kind auf Lilàs Bett legte und mich von ihr verabschieden wollte.

Sie ließ mich noch nicht gehen.

«Mir ist die Maschinenwelt genauso unheimlich wie dir, lieber Michael», sagte sie. «Mein Weg zu den Sternen ist ein anderer, in der menschengemachten Welt von null und eins bleiben sie für mich stumm. Aber du wirst immer wissen, wie du zurückkommen kannst, du wirst dich nie verlieren, weil ich auf dich warte.» Sie schmiegte sich eng an mich. «Ich habe dir versprochen, daß ich dich nie mehr allein lasse, wenn du willst», sagte sie. Sie war wie wärmende Elektrizität. «Ich hatte das Gefühl, dich dorthin führen zu müssen. Ich wollte, daß du erlebst, wie frei man fliegen kann, wenn man nur den Geist benutzt. Aber jetzt kannst nur du allein

entscheiden. Ich glaube, daß du mit diesem Gerät den Fall lösen kannst, bis in alle Verästelungen hinein. Ich glaube, daß du verhindern kannst, was bereits geschehen ist. Ich glaube, daß du eine Katastrophe abwenden kannst. Ich glaube, daß du am Ende wissen wirst, wer du bist. – Aber ich will nicht mehr ohne dich sein. Welche Wahl du auch triffst, ich werde dich lieben.»

Günther, der mit hochgekommen war, hatte sich diese Erklärung angehört, er stand wie angewurzelt etwa einen Meter von uns entfernt und strahlte Lilà an.

«Ja, jetzt gehen wir», sagte er.

Langsam löste ich meinen Blick aus Lilàs dunklen Augen. «Was meinst du?»

«Jetzt gehen wir eben.»

Lilà kam mir zu Hilfe. «Nein, Günther, du bleibst hier bei mir. Wir müssen auf Malte aufpassen, weißt du?»

Günther schlang plötzlich die Arme um mich und schluchzte: «Ich geh mit dir.»

«Ich kann dich nicht mitnehmen, Günther. Du mußt hier bei Frau Bürger und Malte bleiben», wehrte ich sein Drängen ab. «Aber wir sehen uns ganz bestimmt wieder.»

23 Uhr 15

Die Atmosphäre bei CAPRICORN hatte sich nicht verändert, seit ich mit Lilà vor über vier Stunden nach Ferch aufgebrochen war, um Stefan Grundler zu befragen. Auf einer Insel inmitten der spärlich beleuchteten Gartenlandschaft des Eingangsbereichs hockte ein Leguan, der mich anblinzelte und züngelte. Ich kannte den Burschen schon und konnte mich immer noch nicht entscheiden, ob ich das als zustimmende oder verhöhnende Geste nehmen sollte.

Ich wurde von Frederik, dem fünfzehnjährigen Chef des nicht nur wegen seiner jugendlichen, ernährungsbewußten Mitarbeiter außergewöhnlichen Unternehmens, und von Mau Hy Li, einer exzentrisch gekleideten Chinesin mit starkem Akzent, aber makellosem Deutsch, beim gläsernen Paternoster neben dem Wasserfall erwartet. Besser gesagt, wir wurden erwartet. Alle Versuche, Günther dazu zu bewegen, bei Lilà zu bleiben, waren fehlgeschlagen.

Ich betrat also nun, als wir ein Stockwerk tiefer aus dem Paternoster stiegen, mit Günther an der Hand die unterirdische Halle. Erfreulicherweise schienen Frederik und seine Assistentin keinen Anstoß an dem unerwarteten Besucher zu nehmen.

Wir näherten uns durch das Gewirr von herumstehenden Kontrollpaneelen und Computerbildschirmen dem Allerheiligsten, HOLY, einem transparenten, würfelförmigen Gebilde von etwa drei Meter Seitenlänge, in dem mächtige Kabelstränge von all den anderen Geräten zusammenliefen. Günther ließ unvermittelt meine Hand los, setzte sich mit in die Jackentaschen gestopften Händen vor einen der Monitore und rührte sich die nächsten zwei Stunden nicht von der Stelle.

Und ich ging in den Glaskasten, ließ mich auf der Liege nieder, und Mau Hy Li klebte mir den Sensor auf den Punkt zwischen den Augenbrauen, den sie das dritte Auge nannte. Ich händigte Frederik den Zettel aus, auf dem Grundlers Geburtskoordinaten standen, der gab die Daten ein, der Glaskasten verlor schlagartig seine Transparenz, und statt auf der Lederliege im Tiefgeschoß einer High-Tech-Kathedrale, befand ich mich im Sternendom.

Glänzende Dunkelheit.

Eine schwarze Kuppel, aus der Millionen von Sternen herabfunkeln. Innenraum und freies Feld zugleich. Weitläufig aufgefächert die Planetensymbole, eingearbeitet in den polierten Steinboden des gewaltigen Tempels, größer als jeder Raum, den je ein Mensch erblickt hat. Das milde Schimmern der glatten Oberfläche im Schein des unendlichen Sternenhimmels, der den Dom überwölbt. Zwölf mächtige Säulen in weitem Rund um die Fläche, jede ein Bauwerk von Ausmaßen, die sich einem einzelnen Blick entziehen. Szenen vom Werden und Vergehen der Jahrtausende, vom Wechsel der Zeitalter, von fernen Galaxien, Sternenbilder längst vergangener oder erst in Zukunft heraufdämmernder Epochen, eingemeißelt in das Mauerwerk. Die zwölf Steintitanen wachsen, zur Mitte des Saales hin sanft gekrümmt, nach oben in das Sternenmeer, wo sie miteinander und mit der Unendlichkeit des Universums in einem gleißenden Licht verschmelzen.

Schnell hatte ich meinen Namen, meinen Beruf und meine gesamte Biographie vergessen. Alle Masken, die ich in den einundvierzig Jahren meines Lebens gesammelt hatte, verloren hier ihre Bedeutung. Die Weite des Sternenhimmels über mir, die zwölf Urkräfte in vollkommener Balance erzeugten in mir einen tiefen Frieden, der mir wirklicher schien als alles, was ich je mit meinem Körper erkundet hatte, der dort drüben geduldig auf mich wartete. Dort drüben, jenseits der Schnittstelle der Zeit: Während ich hier Tage, Wochen, Monate, ja Jahre bereiste, vergingen in der «wirklichen» Wirklichkeit nur wenige Minuten.

Am Fuße jeder der gewaltigen Säulen öffnet sich ein Portal, das den Blick in einen langen Korridor in das Innere freigibt. Aus jedem der Tore dringt andersfarbiges Licht. Ich durchschreite das Portal, über dem das STIER-Symbol prangt: ♉

Im nächsten Augenblick befinde ich mich in einem Garten. Prustend, die milde, würzige Abendluft in gierigen Zügen einsaugend, taucht Stefan Grundler aus dem heftigen Geblubber seines Jacuzzi-Beckens auf, streicht sich das Wasser aus Bart und Locken und legt links und rechts die Arme auf den Rand, während sein massiger Körper fast schwerelos im Wasser liegt.

17. Dezember 1999

Den ganzen Tag lang war Stefan schon unruhig auf dem Hof umhergewandert. Janis hatte ihn morgens angeknurrt und war für den Rest des Tages verschwunden, Eva war mit ihrem neuen Kombi in die Stadt gefahren, um Weihnachtseinkäufe zu machen, wie sie sagte, und war immer noch nicht zurück, Gesines Mittagessen hatte ihm nicht geschmeckt, und das Studio, in das er immer wieder für eine halbe Stunde gegangen war, um endlich zu arbeiten, kam ihm vor wie eine Gefängniszelle, die Wände vollgehängt mit Plänen und Skizzen zu LUDUS STELLARUM. Vollkommen sinnlos, das alles. Er fühlte sich leer, erschöpft, nervös, Gesines Schnitzel lag ihm im Magen wie Blei, er hatte schon zu Mittag angefangen zu trinken, mäkelte an allem und allen herum, konnte sich zu nichts entschließen, vor allem nicht, mit welchem der höllischen Zeichen er sich abgeben sollte: Löwe? Krebs? Sollte er an dem Schütze-Oratorium weiterbosseln? Oder endlich die Hard-Rock-Suite für Widder abschließen? Vorhin hatte Jack angerufen aus Toronto und Entscheidungen wegen des Bühnenbilds für Steinbock gefordert. Jack war der Art-director von LUDUS STELLARUM und ständig unterwegs. Von Steinbock hatte Stefan noch nicht die geringste Vorstellung, geschweige denn eine einzige Note geschriebener Musik.

Günther konnte die Kühe hypnotisieren, und er erlaubte Stefan, dabeizusein. Die Augen der Tiere folgten Günthers Bewegungen ruhig und voller Verständnis. Und auch für Stefan war der Anblick des Bruders, der mit beschwörenden Gesten vor seinen geduldigen Zuschauerinnen auf und ab ging – brummend, zischend, säuselnd, einzelne Wörter wie Luftboote in das duftende Halbdunkel des Stalls schickend –, eine Beruhigung.

Er saß auf einem Stapel von Kraftfuttersäcken, den schweren Kopf in beide Hände gestützt. Der quälende Ruf der Arbeit, die auf ihn wartete, drang nur wie aus weiter Ferne hierher.

Wieso hatte er sich das angetan? Es war doch alles gut gewesen, vorher. Er war erfolgreich, wohlhabend, glücklich gewesen. Die Filmmusiken, die Werbejingles, die nach Lust und Vermögen herauskomponierten «Klangwolken» hatten doch genügt! Er haßte Lilà, die ihn zu der astrologischen Schnapsidee angestiftet hatte, er haßte Munde, der sie aufgegriffen und durchgesetzt hatte, er haßte Heiner, von dem in Wahrheit das meiste stammte, was bisher an brauchbaren Ansätzen entstanden war, er haßte sich selbst.

Nur Günther haßte er nicht, Günther, den Kühemagier, den Meister der Hingabe, immer eins mit sich, immer neugierig, immer wahr. Gerade flog er mit langsamen, machtvollen Flügelschlägen an der Futterrinne entlang, die Häupter der Kühe schwenkten ihm bedächtig nach, da kamen sie.

Die Motorengeräusche hatten sich so rasch genähert, daß Stefan keine Zeit blieb, darüber nachzudenken, woher an einem Freitag nachmittag plötzlich so viele Autos kämen. Schon wurde die Stalltür aufgerissen, und sechs Männer in dunkelblauen Combat-Uniformen mit Helmen, die Gesichter hinter schwarzen Masken mit Sehschlitzen verborgen, gewaltige Waffen im Anschlag, stürmten herein, warfen Günther und ihn zu Boden, durchkämmten mit fantastischer Geschwindigkeit und Präzision den ganzen Raum, griffen dann die Brüder und stießen sie hinaus auf den Hof, alles ohne ein Wort zu sprechen. Draußen waren etwa zehn Fahrzeuge geparkt, deren Türen offenstanden, ebenso wie die Türen aller Gebäude. Das Anwesen war eingenommen worden, erobert, besetzt. Überall das Blau der Uniformen, überall Waffen, Funkgeräte. Die Fenster im ersten Stock des Wohngebäudes flogen auf, die Tür zu der Kapelle war aufgebrochen und hing nur noch in der unteren Angel, Heiner kam schlotternd heraus, die Hände hinter dem Kopf verschränkt, die Mündung einer Maschinenpistole im Kreuz. Gesine wurde aus ihrer Wohnung im Gesindetrakt getrieben, ihr Mund stand offen wie in einem stummen Schrei, jetzt folgte Selma, zwei der Männer hatten sie unter den Achseln gepackt und trugen sie so, die Füße hilflos in der Luft baumeln lassend, zu den anderen, die unter der Linde versammelt waren.

Es war kalt. Die Hausbewohner wurden mit vorgehaltener Waffe von vier der Schwarzmützen bewacht, während die anderen, es mochten an die fünfzig Mann sein, die Gebäude durchsuchten. Als letzter kam aus der Scheune, an der Hand einer der Krieger, Malte.

Erst jetzt erwachte Stefan aus seiner Lähmung, brüllte: «Laß den Jungen los, du Dreckschwein!» und stürzte auf den Vermummten los. Zu seiner Verblüffung gehorchte der Mann, schickte Malte mit einem kleinen Klaps auf den Rücken zu Stefan, nahm Helm und Mütze ab und sagte: «Guten Tag, Herr Grundler. Es tut mir leid, wenn wir Sie ein wenig gestört haben sollten.» Dann sprach er in das kleine Mikrophon seines Intercom. Stefan hörte: «Aktion beendet, alles zu den Fahrzeugen.»

Seine Stimme, der Blick, der warm und entschlossen zugleich war, der markante Schnitt seines Gesichtes, seine ganze Art war beeindruckend. Er lächelte und blickte sich um. Von überall her strömten die Uniformen jetzt zurück und stiegen in die Wagen.

«Mein Name ist Metzler», sagte der Mann. Malte versteckte sich hinter Stefans breitem Rücken.

«Wir sind vom Bundeskriminalamt. Es bestand der dringende Verdacht, daß sich auf Ihrem Hof ein gefährlicher Krimineller versteckt hält. Leider, oder zum Glück, wie man will, war das wohl eine Fehlinformation. Bitte entschuldigen Sie unser etwas unsensibles Vorgehen, aber in manchen Fällen muß man mit dem Überrumpelungseffekt arbeiten. Ja, Herr Grundler, wir alle müssen manchmal Opfer bringen für die Sicherheit unseres Vaterlandes, nicht wahr?»

Seine Jovialität war vielleicht eine Spur zu einstudiert.

«Also nichts für ungut. Ihnen und Ihrer Familie ein gesegnetes Weihnachtsfest sowie einen guten Rutsch ins neue Jahrtausend. Und viel Erfolg mit Ihrer Symphonie! Sie sehen einen großen Fan Ihrer Musik vor sich!»

Er wandte sich zum Gehen. Stefan machte eine fragende Geste ringsum. Er brachte immer noch kein Wort heraus, außer: «Was, was ...?

Metzler drehte sich noch einmal um. «Fragen Sie Ihre Frau», empfahl er mit einem vertraulichen Zwinkern, stieg in eines der Autos, und die ganze Kolonne setzte sich in Bewegung.

Fassungslos starrte Stefan dem letzten Fahrzeug hinterher, das um die Kurve hinter dem Wäldchen verschwand.

Das Ganze hatte höchstens fünfzehn bis zwanzig Minuten gedauert, aber Stefan kam es vor, als wäre nur ein Augenblick vergangen, seit er bei Günther im Stall gesessen hatte.

«Fragen Sie Ihre Frau», murmelte er. «Was soll das heißen?»

«Heißt wohl, du sollst Eva fragen», schlug Heiner vor, der immer noch zitterte wie ein aus dem Wasser gezogener Welpe.

«Ja, das heißt es wohl», sagte Stefan. «Das heißt es wohl.»

Und dann kam Eva. Bleich, als sei sie einer Ohnmacht nahe, stieg sie aus dem Kombi. Sie mußte den BKA-Einsatzfahrzeugen unten an der Abzweigung zur Privatstraße begegnet sein.

17. Dezember 1999

Stefan sagte gar nichts, packte sie nur am Handgelenk und zog sie ins Haus, die Treppe hinauf, ins Schlafzimmer, warf die Türe hinter sich zu, gab ihr einen Stoß, so daß sie auf dem Bett landete, setzte sich selbst auf den bäuerlich gemusterten Sessel gegenüber, beugte sich nach vorne und blickte sie schweratmend aus hervortretenden Augen an.

Eva richtete sich auf und erwiderte seinen Blick. Ihr Gesicht, eben noch totenbleich, bekam Farbe.

«Es war Gregor», sagte sie ruhig.

Stefan schnaufte nur weiter.

«Gregor war zwei Nächte hier. Er war der Penner. Er ist aus dem Gefängnis ausgebrochen und steckt in Schwierigkeiten.»

«Wo ist er?» stieß Stefan hervor.

«Er ist Maltes Vater», fuhr Eva fort, als habe sie ihn nicht gehört. «Ich habe ihm jahrelang sein Kind vorenthalten, das war nicht recht. Ich hab ihn hier versteckt, jetzt ist er fort.» Sie sah ihn immer noch an. «Das war unglaublich viel Polizei für einen einzelnen Mann, findest du nicht?»

Stefan starrte sie an und schüttelte langsam den Kopf. Sein Körper bebte, als würde er jeden Moment auf sie losstürzen.

«Stefan, hör auf damit», sagte Eva. «Ich sag dir noch mehr. Stefan, ich verlasse dich.»

Tatsächlich stockte er in seiner aufs höchste geladenen Bewegung, und seine geballten Fäuste begannen, schlaff zu werden.

«Ich kann nicht mehr bei dir bleiben. Ich brauche Liebe, Stefan! Du bist ein guter Mann, du kümmerst dich, du paßt auf, du versorgst uns. Das ist wunderbar, und dafür liebe ich dich. Aber ich kann nicht leben ohne gemeinsamen Traum, ohne die Gewißheit, wirklich gemeint zu sein.»

Die tausend Fragen, die ihn eben noch fast zum Bersten gebracht hätten, schmolzen zusammen in einen festen schwarzen Ball.

«Alles in diesem Haus – nein, ich will nicht ungerecht sein: Vieles in diesem Haus ist Lüge. Und ich habe mitgelogen. Glaubst du, ich weiß nicht, daß du mit Gesine schläfst? Glaubst du, ich weiß nicht, daß Selma deine Tochter ist? Daß Heiner deine Musik schreibt? Daß Charly todkrank ist und du ihn trotzdem für dich arbeiten läßt? Du quälst dich und uns mit deiner Musik und siehst nicht, daß du in deinem Leben Klarheit schaffen müßtest. Ich bin dumm, denkst du, ich verstehe nichts davon, ‹Kunst wird mir immer ein Buch mit sieben Siegeln sein›. Aber ich will auch ein Leben haben, ich will geachtet und respektiert werden, ich will geliebt werden, so wie ich bin, und, Stefan, du liebst mich nicht, du liebst nur dich, zumindest wenn es dir gutgeht, du liebst nur das Bild von allem, du liebst nicht, du liebst nicht …»

Über Evas Wangen liefen Tränen.

Stefan stand auf. «Ich muß mal nach dem Hund sehen», sagte er. «Ich glaube, die hat noch gar kein Futter gekriegt heute. Sie hat mich angeknurrt. Heute morgen hat sie mich angeknurrt.»

Mit den Schritten eines alten Mannes verließ er das Schlafzimmer und ging die Treppe hinunter.

20. Dezember 1999
früher Abend

Stefan hatte in den letzten drei Nächten nur wenige Stunden geschlafen.

Charly war gestern ins Krankenhaus eingeliefert worden. Wahrscheinlich mußten sie ihm einen Bypass legen.

Gesine war mit Selma nach St. Pölten gefahren, zu ihren Eltern, schon seit Monaten ausgemacht, natürlich.

Eva hatte, nachdem ihn ihre Worte wie sanfte, aber um so zerstörerischere Hiebe eines Schmiedehammers getroffen hatten, für sich und Malte ein paar Sachen gepackt und war verschwunden. Sie hatte nicht gesagt, wohin.

Es war kurz vor Weihnachten.

Sie hatte Malte mitgenommen.

Stefan saß, das Gesicht in die Hände gelegt, hinter dem Lenkrad seines Rovers, der Motor lief noch. Er war sicher, daß sie hier war, bei Lilà. Er hatte nicht angerufen, er hatte mit überhaupt niemandem gesprochen, hatte immer nur auf einem Stuhl gesessen drei Tage lang. Trotzdem wußte er, daß sie nur hier sein konnte. Schneeregen grieselte durch das stumpfe Licht der Laternen in der Eisenbahnstraße. Stefan wagte es nicht, auszusteigen.

Sie hatte recht, mit allem. – Aber wenn sie wüßte, wie wenig recht sie zugleich hatte, hätte sie nicht getan, was sie getan hatte.

Stefan liebte Eva. Er hatte Fehler, große und viele Fehler (und im Augenblick stürzten alle auf ihn zurück, als hätte jemand die eine Planke aus einem hohen Stapel gezogen, die das labile Gebilde in Balance hielt; er wußte nur nicht, wer das getan hatte und warum). Aber er liebte Eva. Und er liebte Malte. Und er wollte beide zurückhaben.

Er machte den Motor aus, stieg nun doch, den Kopf tief zwischen die Schultern gesteckt, aus seinem Wagen und verschloß ihn mit der Fernbedienung. Da ging die Tür zu dem Haus, in dem Lilà wohnte, auf, und sie selbst, Lilà, kam mit schnellen Schritten heraus. Gleichzeitig hielt ein Taxi, und sie ging darauf zu, um einzusteigen. Er rief: «Susanne! Hier, Susanne!»

Sie blickte sich um und bemerkte ihn im Schneetreiben.

«Ich muß zu Eva!» rief sie, in der offenen Autotür stehend.

«Wo ist sie?» brüllte Stefan und lief die paar Schritte hinüber zu dem Taxi.

«Am Flughafen.» Sie wollte sich in den wartenden Wagen setzen, aber Stefan hielt sie am Arm fest.

«Stefan, ich muß jetzt los, es geht vielleicht um Minuten!»

«Was redest du? Was ist mit Eva?»

«Sie ist in Gefahr, das spüre ich genau.»

«Am Flughafen?»

«Ja. Stefan, laß mich jetzt los!»

«Du fährst mit mir», sagte er, zog mit der freien Hand seine Brieftasche hervor und reichte sie dem Fahrer. «Nehmen Sie sich zwanzig Mark raus.»

Lilà protestierte nicht.

Sie waren schon fast an seinem Auto, als Stefan ruckartig stehenblieb. «Und Malte? Wo ist der?»

«Der ist oben. Meine Nachbarin ist bei ihm, die kennt er schon lange. Stefan, mach das Auto auf, es ist alles in Ordnung mit Malte, wir müssen jetzt fahren!» Noch nie hatte Stefan die Freundin so entschlossen erlebt.

Die breiten Reifen spritzten große Mengen Schneematsch auf, als der Range-Rover auf die Fahrbahn ausscherte und mit rasch zunehmender Geschwindigkeit Richtung Flughafen Tegel gelenkt wurde.

Auf der Fahrt erklärte Lilà Stefan auf seine Fragen – endlich lösten sich einzelne heraus aus dem harten, schwarzen Ball – daß Eva nicht vorhabe, sich an Gregor zu binden, gerade eben erst sei sie nach einem langen Gespräch mit ihr zu diesem Entschluß gekommen, aber auch mit ihm, Stefan, wolle sie nicht mehr leben.

«Und warum fahren wir jetzt zum Flughafen?»

«Gregor wollte, daß sie heute mit ihm und Malte das Land verlasse. Ich habe ihr Horoskop angesehen und ihr dringend abgeraten. Obwohl sie ihn liebt.»

Stefan hatte das Gefühl, durch eine dichte, rote Folie zu sehen, und mußte sich sehr darauf konzentrieren, den Wagen zu steuern.

«Und jetzt?» fragte er.

«Jetzt, glaube ich, will sie es ihm selber sagen und ihn nicht einfach nur so abfliegen lassen. Sie denkt wohl, sie schuldet ihm das.»

«Und?»

«Ich ... Ach, das verstehst du nicht.»

«Du hast recht, ich verstehe es nicht. Hat sie dir gesagt, sie fährt zum Flughafen? Wann geht das Flugzeug? Wartet er da auf sie? In vier Tagen ist Weihnachten, ich will, daß sie zurückkommt! Wieso ist er aus dem Gefängnis draußen? Warum wird er vom BKA gesucht? Susanne, was ist das alles? Ich verstehe nichts, überhaupt nichts ...»

Sie fuhren die Rampe hinauf, die zum völlig überfüllten, vom ringförmigen Flughafengebäude umschlossenen Parkplatz führte, und Stefan ließ den Wagen verbotswidrig mitten auf der Fahrbahn stehen. Er wußte nicht, warum er Lilà hierher gefolgt war, in seinem Kopf blies ein eisiger Feuersturm. Etwas zog ihn, er wußte nicht, was, aber es war so stark, daß er beim Hineinstürmen durch die Glastür einer ausgelassenen Schar von Reisenden die Karre mit ihrem Gepäck so heftig in die Beine schob, daß zwei von ihnen zu Fall kamen.

Lilà rief ihm zu: «Wir trennen uns! Ich such in dieser Richtung» und rannte fort. Stefan bahnte sich, ohne Rücksicht auf die vielen Menschen, die das Durchkommen erschwerten, einen Weg in die andere Richtung.

Warum er vorhin, als er sich nach tagelanger Lähmung entschlossen hatte, seine Frau zurückzuholen, das Klappmesser, das er beim Angeln benutzte, eingesteckt hatte, wußte er nicht.

Es war ein unglaubliches Gedränge, wie sollte er sie hier finden? «Rötlichblond, ihre Haare sind rötlichblond», murmelte er, während er hektisch seinen Blick hin und her schießen ließ und … Da – nein, die war ja zu alt, das war nicht Eva, nicht seine Eva der erhitzten Nächte, nicht die Frau, die seinen Kopf im Schoß hielt und ihm tröstend durch die Locken fuhr und ihm dabei vom Tag im Garten, von Maltes erstem Tag im Kindergarten erzählte, nicht … Und das? Ein Mann mit langen Haaren drehte sich um, verschwitztes Gesicht trotz der Kälte draußen, Riesennase, noch nicht mal wirklich rötlichblond …

Über den allgemeinen Lärm erhoben sich lautere Stimmen. Er konnte nicht sehen, woher sie kamen, aber das war Eva, ihre Stimme, sie war also wirklich hier, wie ein Bulle drückte er Wartende, Abreisende, Weinende, Knutschende beiseite, wie ein Eisbrecher folgte er der Stimme. Es war Eva, er hörte: «Ja, Gregor, ich liebe dich», eine unbekannte Männerstimme: «Wo ist der Junge? Du mußt mitkommen!» und sie: «Ich bin jetzt ein freier Mensch, Gregor!» Der Mann: «Eva, das kannst du mir nicht antun!», und da sah er sie in der Schlange vor einem Schalter, und er sah sie auch wieder nicht, weil der eisige Blutsturm in seinem Kopf alles rot machte, und er rollte weiter und fragte sich nicht mehr, warum er das Messer eingesteckt hatte, und Menschen schrien plötzlich überall, aber er hörte es nicht, nur: «Gregor, ich liebe dich, ich liebe dich», und noch waren ihm welche im Weg und er schleuderte sie beiseite und das Geschrei wurde lauter, und dann war er da, er sah sie, er sah Eva, und sie sah ihn, sah ihm direkt in die Augen und rief: «Stefan!», und der schwarzhaarige Mann ihr gegenüber drehte sich für einen Moment zu ihm um, und dann sah er nur noch Blut.

20. Dezember 1999
Nacht

Das Lied einer Mutter an der Wiege ihres toten Kindes. Schützend, lieblich, ohne Kitsch und Effekte, reines Gefühl. Äußerlich ganz unscheinbar und innen groß gespannt. Es-moll. Kleine Streicherbesetzung, als Soloinstrument die Klarinette. Taktmaß 2/2, langsam fließend, wahrscheinlich 80 auf dem Metronom.

Da war die Melodie. Da war die Melodie für Krebs, strömte herbei, entfernte sich nicht mehr, war wie das ewige Rauschen der Brandung an einem Strand aus feinem Kies, vom vollen Mond beschienen, ruhig und stetig und so satt von Schmerzen und so voll Sehnsucht, daß das Herz ganz stille wurde. Alle Tränen aller Mütter, unstillbar, endlos wiederkehrend. Und dann, wie bei der verklärten Muttergottes auf dem Sichelmond, umgeben von der Strahlenmandorla: Himmelfahrt, still-heitere Erfüllung aller Träume.

Es war schon weit nach Mitternacht. Die zärtliche Erleuchtung – kein anderes Wort traf zu – war ihm gekommen, als er Malte in sein Bett gelegt und lange dem Kinderatem gelauscht hatte. Klarheit und Ruhe erfüllten ihn. Bedächtig wie ein mittelalterlicher Mönch, schuldig und doch selig, schrieb er alles auf, nur selten einen Ton auf dem Klavier probierend, es war ja alles da. Durch einen Stich in Evas Herz war der Kanal geöffnet worden, es war, als sänge ihr Blut die Melodienbögen, es war Musik für sie, von ihr, es war der vierte Teil der Sternensymphonie, der Krebssatz – Stefan kannte jede Note.

Vor der Vernehmung durch die Polizei war er im Flughafen noch einmal auf den schon verhafteten Falkmeier getroffen, hatte mit schweren Fäusten auf ihn eingeprügelt, war von Beamten weggezerrt worden. Er war von einem dicklichen Kommissar namens Neber vernommen worden, dann hatte er gehen können. Er hatte Malte in Lilàs Wohnung abgeholt – ihm nichts gesagt, nein, wie sagt man: Deine Mutter kommt nicht mehr … –, ihn schlafen gelegt und saß nun schon die zweite Stunde in der Kapelle und setzte geduldig Note an Note an Note aufs Papier.

21. Dezember 1999

«Ich sag nichts, ich weiß nichts, ich will meine Ruhe haben.»

«Das verstehen wir, Herr Grundler, aber Sie müssen auch verstehen, daß wir die Umstände des Todes Ihrer Frau untersuchen müssen. Bitte lassen Sie uns einen Moment reinkommen.»

«Nein.»

«Herr Grundler. Wenn Sie sich jetzt weigern, mit uns zu sprechen, müssen wir Sie mitnehmen.» Der Kommissar, der Stefan schon gestern vernommen hatte, stand mit einem Assistenten in der offenen Türe, durch die Schneeflocken auf die Cotto-Fliesen hereinwehten.

«Mitnehmen? Wieso denn mitnehmen?»

«Herr Grundler, bitte!»

Malte klammerte sich an der weiten Hose seines Ziehvaters fest. Stefan ließ die beiden herein.

«Ich muß Ihnen leider gestehen, daß mir von den Kollegen vom BKA wichtige Informationen vorenthalten werden. Warum das so ist, weiß ich nicht, aber ich habe Grund zu der Annahme, daß da nicht alles mit rechten Dingen zugeht. Ich weiß, daß das jetzt sehr schwer für Sie ist, aber ich bin auf Ihre Mithilfe angewiesen. Bitte schildern Sie uns, wann und wie die Durchsuchung, von der Sie gestern sprachen, stattgefunden hat.»

«Ihr seid ja wohl wirklich von allen guten Geistern verlassen», schüttelte Stefan den Kopf. «Also gut. Das war letzten Freitag. Die sind mindestens fünfzig Mann hoch hier eingefallen, haben alles durchwühlt, alles. Am Tag vorher hab ich diesen

 Falkmeier zum ersten Mal gesehen. Aber ich wußte ja nicht, wer das ist. Hab ihn natürlich vom Hof gejagt. Aber die haben nix gefunden. Das hab ich Ihnen aber schon gestern alles gesagt. Mehr weiß ich nicht, das war's.»

Malte sagte plötzlich leise: «Stefan? Die haben doch den Koffer mitgenommen.»

Stefan runzelte die Stirn. «Was denn für 'n Koffer?»

«Den glitzrigen, der hinten im Heu war.»

«Du bist Malte, stimmt's?» fragte Neber. Er nickte. «Und du hast gesehen, wie die Polizisten einen Koffer gefunden haben?»

«Nee. Hab ich gar nicht.»

Neber hob fragend die Brauen.

«Wie sie ihn ins Auto gebracht haben, das hab ich gesehen.»

«Wie sah denn dieser Koffer aus, Malte?»

«Glitzrig.»

«Du meinst einen Metallkoffer.»

«Weiß nicht. Glitzrig halt.»

«Und hast du diesen Koffer vorher schon mal gesehen?»

«Der Papa hat ihn da hingetan.»

«Malte, was redest du denn da?» empörte sich Stefan. «Ich hab doch keinen Koffer ins Heu getan!»

«Nicht du. Nur der Papa.»

Stefan seufzte. «Er meint wohl Falkmeier. Kann ich mir schon vorstellen, dem trau ich alles zu.»

Es entstand eine Pause.

«Und Sie haben nichts gesehen?» fragte Neber.

«Nein! Der Typ vom BKA, dieser Metzger oder wie der hieß, hat sich ja sogar entschuldigt. ‹Tut mir leid, das war wohl Fehlalarm›, hat er gesagt.»

Er riß die Türe auf, durch die sofort eine Flockenwolke hereinwehte. «Gehen Sie doch jetzt! Gehen Sie endlich!»

«Du bist gar nicht mein Papa», kam Maltes Stimme unter seinem Bett hervor. «Und ich hab gesehen, wie die Soldaten den Koffer mitgenommen haben. Ich will, daß Mama da ist. Ich will, daß meine Mama wieder da ist!»

Stefan hockte zwischen den herumliegenden Spielsachen im Kinderzimmer. Schon seit über zehn Minuten versuchte er, den Jungen zum Herauskommen zu bewegen, aber der war wie ein tollgewordenes Frettchen, das in höchster Panik sofort zubeißt, wenn man die Hand in seinen Käfig steckt.

«Malte. Lieber Malte, komm doch jetzt raus da. Schau, Janis hier ist schon ganz traurig!»

Der Hund lag platt und fiepend neben Stefan vor dem Bett, schlug mit dem Schwanz und äugte in die dunkle Höhle.

«Ich – will – zu – meiner – Mama!»

Es hatte angefangen, als Stefan, gereizt und wütend, zu ihm gesagt hatte, er bilde sich das mit dem Koffer doch nur ein. Wie sollte er den Jungen bloß beruhigen? Er war nicht zu beruhigen.

«Die Janis bleibt jetzt hier und paßt gut auf dich auf. Ich bin im Studio. Malte. Malte! Es wird auch wieder gut. Es wird auch alles wieder gut.»

Wie lächerlich. Wie ungeheuer lächerlich, so was zu sagen. Und doch war Stefan sicher, nicht zu lügen.

Er mußte gehen. Er mußte ab Takt 54 noch den Kontrapunkt verändern. Nach dieser zweiten Wiederholung des zarten Hauptmotivs müßte Gefährdung rein, langsam, schleichend, nur angedeutet und doch unverkennbar.

«Janis, du bleibst hier und paßt auf meinen Jungen auf. Abgemacht?»

Er schloß die Türe leise hinter sich, ließ die zwei allein und ging rüber ans Klavier.

Gut, gut. Gesine war zurückgekommen gestern abend und versah wieder den Haushalt. Freund Charly mußte nun wohl doch nicht aufgeschnitten werden. Malte schlief noch in Gesines Bett, wohin sie ihn nach ihrer Ankunft hatte bringen können. Es war halb neun Uhr morgens, und Stefan war, nach einem zeitigen Frühstück, mit Heiner bei der Arbeit.

22. Dezember 1999

Da kam Herr Metzler, diesmal in Zivil. Er sah jetzt aus wie ein Politiker, dem man vertrauen kann. Er kondolierte mit einer Wärme, die ihm nicht schwerzufallen schien.

«Das allerdings ist nicht das einzige, das mich zu Ihnen führt, lieber Herr Grundler. Ich sehe, daß Sie mitten in der Arbeit sind, und will auch gar nicht lange stören. Ich will nur eine Kleinigkeit geraderücken, der Ordnung halber. Sie werden ja wohl mitbekommen haben, daß der Mörder Ihrer Frau noch anderes auf dem Kerbholz hat.»

Der Mörder Ihrer Frau. Stefans Herz schlug schneller.

«Wir waren ihm schon seit Tagen auf den Fersen, deshalb der Überfall hier letzte Woche, für den ich nochmals herzlich um Verzeihung bitte. Wir wissen mittlerweile, daß der Kerl sich doch auf Ihrem Hof versteckt gehalten hat. Er hatte etwas bei sich, eine Waffe, besser: ein Gerät, das höchstwahrscheinlich eine Waffe ist. Wir konnten dieses Ding am Tatort sicherstellen, zum Glück. Und nun wollte ich Ihnen einfach sagen, daß, nach unserer jetzigen Erkenntnis, davon für Sie zu keiner Zeit eine Gefährdung ausgegangen ist.»

«Deshalb sind Sie in aller Herrgottsfrüh rausgekommen?»

«Deshalb – und weil ich ein schlechtes Gewissen habe. Hätten wir ihn früher geschnappt, er hätte Ihre Frau wohl nicht … Nun ja.»

Stefan zog die Luft ein. «Ja, ich danke Ihnen. Und – auf Wiedersehen, ich muß zurück zu meiner Arbeit.»

«Natürlich, selbstverständlich. Ein frohes Weihnachtsfest zu wünschen wär wohl in dieser Situation nicht ganz angebracht. Aber ich hoffe, daß Sie bald den schrecklichen Verlust verwinden mögen und …»

«Ja, vielen Dank, Herr Metzger.»

«Metzler –»

«Wie auch immer. Guten Tag.»

Der Mann war weg. Und Stefan brauchte einen Schnaps.

Er mußte essen. Er war am Leben, und Lebende müssen essen. Der große Tisch in der Küche war für fünf gedeckt. Die anderen waren noch nicht da, nur sie, sie stand am Herd.

«Selma ist meine Tochter», sagte er.

Die Pause, die Gesine beim Umrühren in dem Nudelgericht machte, war kaum merklich. Sie sagte nichts.

«Ich wußte das von Anfang an. Ich will, daß sie es erfährt. Ich will, daß es alle erfahren.»

Noch immer keine Reaktion.

«Gesine?»

In kleinen Wellen begann eine Bewegung über ihren Rücken zu laufen.

«Gesine? Sag doch was!»

Ihr tonloses Schluchzen wurde stärker. Stefan stand auf und legte eine Hand auf ihre Schulter. Gesine rührte weiter.

«Sie ist doch meine Tochter!?»

Mit gesenktem Blick wandte sie sich um, und er sah ihr nasses Gesicht. «Stefan – hast du sie umgebracht?»

Sie stieß den Löffel in den Topf und rannte zum Küchenfenster, vor dem ein Schemel stand. Dort sank sie nieder.

«Gesine, bist du wahnsinnig?»

Ihm war kalt, sehr kalt. Mit aller Nüchternheit und Schärfe, die er kannte, sagte er: «Ich habe die Frage nicht gehört. Verstehst du mich? Ich habe die Frage nie gehört!»

Dann hockte er sich vor ihr nieder, strich mit den flachen Händen über ihr Gesicht, hob es empor und sah ihr gerade in die verschwommenen Pupillen.

«Ich will mit allem aufräumen. Sag mir, ob Selma meine Tochter ist.»

Gesine hörte nicht mehr auf, zu nicken, schlang die Arme um seinen Hals und weinte dort den Schmerz von vielen Jahren aus.

So fanden Heiner und Selma die beiden.

«Ich sag es nach dem Essen», flüsterte Stefan in Gesines Ohr. Und zu den anderen: «Wo ist denn Malte?»

«Malte hat keinen Hunger», antwortete Selma sehr leise.

«Der Junge muß was essen», befand er.

Noch etwas leiser sagte sie: «Malte will zu seinem Vater.»

«Wie bitte?»

«Er will zu seinem Vater ins Gefängnis.»

Jetzt mußte er sich setzen. «Das ist nicht dein Ernst.»

Er sah dem, was von der Hausgemeinschaft übrig war, reihum in die Gesichter.

«Was habt ihr ihm erzählt?»

Heiner sah auf die langen, gefeilten Gitarristennägel seiner rechten Hand.

«Selma, Heiner, wer hat ihm was erzählt?»

Die Angesprochenen tauschten einen Blick.

«Nichts, niemand. Nur daß der Typ im Knast ist. Menschenskind, Stefan, er will halt seinen Vater sehen. Als der hier war, haben sie sich angefreundet. Er hat ihm wohl so 'n Radio geschenkt, der hat's nicht mitgenommen, jetzt will er ihm damit 'ne Weihnachtsfreude machen. Kann man doch verstehen.»

So lange und zusammenhängend hatte Heiner schon lang nicht mehr gesprochen.

Stefan sprang auf, so daß der Bauernstuhl, auf dem er saß, nach hinten überkippte, und lief mit schweren Schritten durch den Kümmelduft der Küche.

«Verstehen? Seid ihr denn alle komplett verrückt geworden? Was soll ich denn wohl noch verstehen? Meine Frau läuft weg, von einem Tag auf den anderen, der Schweinehund sticht sie mir ab, Gesine fragt mich, ob –. Und jetzt will Malte auf einmal seinen Vater sehen? Ich bin sein Vater! Der Mann hat sich um seinen Sohn doch nie ...»

Er wurde plötzlich ruhiger.

«Ach, was red ich eigentlich. Ich geh jetzt rüber zu Gartz und schau, ob ich nicht da was zu essen kriege, ohne daß ... Danach arbeite ich weiter. Heiner, ich erwarte dich in einer Stunde im Studio.»

Er hob seine Fellweste vom Boden auf, die über der Lehne des umgekippten Stuhls gehangen hatte. Als Heiner keine Antwort gab, verharrte er noch einmal.

«Oder arbeitest du nicht mehr für mich, wie? Okay, okay, ich brauch dich nicht. Pack deinen Yogascheiß und verschwinde von meinem Grund und Boden, geh zurück in deine Junkiehölle und verrecke! Verreckt doch alle! Verreckt! Verreckt!»

Es fielen große Stücke Putz von der Wand, als er die Türe hinter sich zuschlug.

24. Dezember 1999

«Falkmeier, Gregor Falkmeier. Hier ist die Besuchsgenehmigung.»

Der fette Beamte nahm den Wisch entgegen und inspizierte ihn mit hochgezogenen Brauen, verglich ihn mit den Eintragungen einer Kladde.

«Personalausweis?»

Stefan kramte das Dokument aus seiner Brieftasche und schob es unter der kugelsicheren Scheibe durch. Gemächlich übertrug der Fette die Daten in ein anderes Buch.

«So. Sie gehen jetzt hier durch diese Tür. Falkmeier ist Block C, er wird Ihnen dann dort in den Besuchsraum zugestellt.»

Er richtete sich ein wenig in seinem Stuhl auf und schaute auf Malte herab, der neben Stefan stand mit seinem kleinen, bunten Paket mit der roten Schleife und dem Bild, das er für Gregor gemalt hatte. Es war zusammengerollt und mit einem Halstuch verschnürt, das noch nach Eva roch.

«Wollen Sie dem Kurzen das wirklich antun?»

Stefan verzog nur schnaubend das Gesicht. Der Fette betätigte einen Summer, und die schwere Stahltür, die in das Innere der Justizvollzugsanstalt Tegel führte, sprang auf.

Kein Mensch konnte ermessen, was Stefan hier leistete. Erst hatte er Maltes Wunsch als eine völlige Unmöglichkeit abgelehnt. Aber als der Junge gar nicht mehr aufhörte, zu weinen, und immer nur darauf bestand, zu seinem Vater gebracht zu werden, wußte er sich nicht anders zu helfen, als Lilà anzurufen und um Rat zu bitten.

«Das mußt du für ihn tun, Stefan», hatte sie gesagt. «Wenn nicht, verlierst du ihn für immer.»

Vielleicht hatte sie recht. Vielleicht mußte er ihm in aller Deutlichkeit vorführen, wer dieser «Vater» war – ein Knastbruder, ein Killer, ein Monstrum –, damit er ihn ein für allemal vergessen könnte. Und vielleicht war es auch für ihn selber gut.

Denn, auch wenn er seither komponierte wie noch nie zuvor im Leben – er mußte Klarheit haben über das, was an dem frühen Abend des 20. wirklich am Flughafen geschehen war. Je öfter er versuchte, sich die wenigen Augenblicke zwischen Evas Aufschrei «Stefan» und ihrem Tod zu vergegenwärtigen, desto unklarer wurde alles.

Er selber *konnte* es doch nicht gewesen sein! Das Anglermesser war in seiner Tasche geblieben. Später, als ihn selbst daran Zweifel überfielen, untersuchte er es, und es war sauber, nicht ein Fleckchen Blut dran.

Und Falkmeier? Es war alles ungeheuer schnell gegangen, aber ein Bild stand klar vor seinen Augen, das mit nichts von dem, was folgte, zusammenzupassen schien: Der Mann hatte sich, nach Evas entsetztem Aufschrei, zu Stefan umgedreht und beide Hände abwehrend, kampfbereit erhoben. In Stefans Erinnerung fand sich in keiner dieser Hände eine Waffe. Eva, die noch immer ängstlich in seine, Stefans, Augen starrte, knickte plötzlich ein, Falkmeier griff ihren sinkenden Leib, sie glitt dennoch weiter zu Boden – und als er wieder hochkam, hatte er das blutverschmierte Messer in der Hand, und Eva war tot.

Das war natürlich alles Unsinn. Aber das Bild der leeren Hände kehrte zurück, er konnte es aus seinem Kopf, aus seinen Träumen nicht verbannen. Letzte Nacht war er noch einmal aufgestanden und zu der Schublade gegangen, in der sein Messer lag, um es erneut zu überprüfen. Es war sauber, natürlich.

Falkmeier *mußte* es gewesen sein, er selbst litt wohl an Halluzinationen. Jetzt würde er ihm ins Gesicht sehen, alles würde sich aufklären, und die absurden Selbstzweifel wären weg.

Das Klacken der Schlösser, die vor ihnen auf- und hinter ihnen zugeschlossen wurden, das Tappen der Füße auf dem Beton der endlos langen Gänge, nahe und ferne Stimmen, von irgendwo «Stille Nacht», das Rauschen der Gedanken im eigenen Schädel – eine Soundinstallation von beängstigender Trostlosigkeit.

Ein junger Beamter mit Koteletten, die fast bis zur Nase liefen, führte sie in den Besuchsraum. Er stellte sich neben die Tür und begann, mit dem Fingernagel zwischen seinen Zähnen nach Speiseresten zu graben. Stefan und Malte setzten sich auf Plastikstühle, die vor einer Glasscheibe standen. Nichts geschah.

«Aber hier kann ich ihm mein Radio doch gar nicht geben!» bemerkte Malte flüsternd in das leise Schmatzen des jungen Wärters hinein.

«Das sehen wir dann. Jetzt muß er erst mal kommen.»

«Stefan? Ich hab jetzt doch Angst.»

Stefan legte seinen Arm um die zarten Knabenschultern und ließ beruhigend seine schöne Stimme schwingen: «Ich weiß, Malte, ich weiß. Aber du mußt keine Angst haben ...»

Das galt für ihn selbst mindestens ebenso wie für den Jungen.

Die Tür jenseits der Glasabtrennung wurde aufgeschlossen. In Anstaltskleidung und Handschellen wurde Gregor hereingeführt. Die kurzen Haare standen wild von seinem Kopf, obwohl man sah, daß er versucht hatte, sie mit einem Kamm zu bändigen. Ihr Schwarz schien nicht die natürliche Farbe zu sein, an den Wurzeln sah man ein paar Millimeter blond. Der Beamte, der ihn hereingeführt hatte, war ein gemütlich aussehender älterer Herr. Er grüßte den Kollegen und stellte sich ebenfalls an die Wand.

Gregor setzte sich. Er schien nur Malte zu sehen. Der hob sein Paketchen hoch und sagte: «Hier ist dein – dein Weihnachtsgeschenk.»

Die Anstrengung, nicht sofort in Tränen auszubrechen, war Gregor deutlich anzusehen.

«Das ist – das ist wahnsinnig lieb von dir», brachte er heraus. «Aber ich weiß gar nicht, ob ich jetzt was nehmen darf.» Er drehte sich zu seinem Bewacher um. Der schüttelte mit großväterlich bedauerndem Lächeln den Kopf.

«Weil – weißt du, mein Kleiner, ich bin ...» Er konnte nicht weitersprechen. Er wischte sich mit dem Oberarm über die Augen. Wie ein verletzter Raubvogel, der sich putzen will, dachte Stefan.

Dann war es wieder still.

«Schau mich an!» Das kam von Stefan.

Die beiden Männer stießen ihre Blicke ineinander. Langsam schüttelte Gregor den Kopf, als habe er Stefans stumme Frage verstanden.

«Es war 'ne Falle. Ich weiß, daß mir das keiner glauben wird und schon gar nicht du. Aber ich war es nicht, es war 'ne Falle, es *ist* 'ne Falle, und jetzt sitz ich drin. – Bist du gut zu meinem Jungen?»

Ein Seitenblick von Stefan zu Malte. «Jedenfalls besser als du.»

Gregor nickte.

«Ich weiß nicht, was die damit wollten. Eva hat doch überhaupt nichts mit der Sache zu tun gehabt. – Sie haben Angst, ja, weil ich Sachen weiß, die ich nicht wissen sollte. Aber dann hätten sie doch einfach *mich* alle machen können. Wieso Eva? Ich begreif es nicht.»

«Wovon redest du? Wer sind ‹die›?»

«Die, die mich vor zwei Wochen hier rausgeholt haben, damit ich ihren Scheiß von Rußland reinfliege. Hier drin sind lauter Verbrecher, und vielleicht bin ich ja auch so was. Aber *die*–», er senkte seine Stimme, «die sind zu allem fähig! Die kontrollieren alles. Die spielen mit uns. Du hast ja keine Ahnung!»

«Stimmt.»

Der Beamte mit den Koteletten war fündig geworden und spuckte etwas auf den Boden.

«Warum bist du hier?»

Noch ein Blick von Stefan zu dem Jungen, der mit großen Augen zwischen seinen beiden «Vätern» hin- und hersah.

«Er wollte dich besuchen.»

«Du wolltest mich besuchen, ja?»

Malte nickte nur.

«Wie geht's Janis?»

«Gut», piepste Malte.

«Und – und da bist du also extra an Weihnachten gekommen, wie? Weißt du was, vielleicht kann ich die Onkels hier ja überreden, daß du mir dein Geschenk schicken darfst, bald mal.»

«Ist aber das Radio.»

Jetzt konnte Gregor sich nicht mehr halten. Er schluchzte lauthals los.

Der ältere Wachmann fragte Malte: «Was hast'n da noch? Zeig doch mal her.»

Malte knotete das Tuch auf und entrollte das Bild. Es zeigte einen Hund, ein Flugzeug und eine Sonne.

«Also das können Sie schon haben, Falkmeier.»

«Danke. Danke. – Malte, du mußt immer – du mußt immer brav sein, hörst du, und dem Stefan immer schön folgen, ja?»

«Laß ihn zufrieden!» zischte Stefan. «Wir können jetzt nicht reden, vor dem Jungen. Aber eines Tages komm ich, und dann erklärst du mir, wieso du das getan hast. Und danach bring ich dich eigenhändig …»

«Ich wollte, daß sie mitkommt, ja, ich wollte sie dir wegnehmen, ja – ich hab sie so geliebt, ich wollte neu anfangen mit ihr, und sie hat nein gesagt, aber ich bin doch kein Monster, ich hab es nicht getan, ich schwör's dir, bei der Seele unseres Jungen. Ich hab ja gar kein Messer bei mir gehabt, sie war auf einmal tot, du hast es doch selbst gesehen, das war ein Profi oder irgendwas, glaubst du, ich begreif das? Ich hab schon gedacht, ich bin irre, aber du hast es doch gesehen! Da steckt das BKA dahinter. Und Europol. Die Industrie. Und was weiß ich, wer …»

Gregors leere Hände. Eva, wie sie zusammenbricht, als er zu ihm, zu Stefan, sieht. Der Besuch von Metzler vorgestern.

«Den verdammten Koffer hab ich doch auch nicht gehabt. Den haben die doch aus deiner Scheune geholt. Ich hab ihn da im Stroh versteckt. Ich wär niemals draufgekommen, daß sie das Ding da aufspüren. Und als sie tot war, stand der Koffer neben mir, als wär er mein Gepäck. Die haben mir das alles untergeschoben, Mann! Genauso könnte ich dich beschuldigen! Und wenn du nicht vorsichtig bist, kriegen sie dich auch noch. Paß mir auf den Jungen auf, er ist das einzige, was ich noch habe!»

«So, meine Herren», meldete sich der freundliche Opa. «Jetzt ist dann wieder Schluß, Besuchszeit vorbei. Kommen Sie, Falkmeier, sonst verpassen Sie noch die Übertragung von der Weihnachtsandacht.»

«Ich war's nicht, Stefan, das weißt du!»

Gregor stand auf und schickte einen letzten Blick zu seinem Sohn, der inzwischen vom bunten Papier seines Paketes kleine Fetzen abgerissen und in die feuchte linke Hand gepreßt hatte.

«Paß mir auf meinen Jungen auf!»

Er wurde abgeführt.

«Kassiopeia – Orion – Sirius– da drüben Venus, siehst du sie?»

«Das Helle da?»

«Genau. Dein Planet.»

25. Dezember 1999

Der Himmel war pechschwarz und gab doch so viel Licht in dieser Sommernacht auf Kreta vor sechzehn Jahren, daß er den ausgestreckten nackten Arm von Aniko genau erkennen konnte, wie sie hinaufwies in diese Pracht.

Sie lagen nebeneinander auf den noch sonnenwarmen Steinplatten der Terrasse von Professor Grabners Haus, die Luft war unbewegt und satt von Thymian, Salbei, Feige, vom Grillenchor, vom leisen Rauschen des Mittelmeers, das fünfzig Meter unter ihnen zärtlich den Strand bedrängte wie ein Liebhaber, der niemals müde wird.

Aniko war Grabners junge Frau, noch keine dreißig, er selbst gerade zwanzig geworden, sie waren beide nackt und schweißgebadet, und in die Symphonie der Düfte, die sie umgab, mischte sich der Duft der Liebe.

«Und das ist Waage, rechts davon Jungfrau, siehst du, der hellste Stern davon heißt Spica. Dann kommt der Löwe ...»

Er fuhr mit seiner flachen Hand über ihre feuchte Brust, den Bauch, den Haarbusch, in dem kleinste Tröpfchen im Licht der Sterne funkelten.

«Oh, Stefan, du bist wunderbar!» Sie seufzte und schnurrte, wie sie vorhin geschrien und gestöhnt hatte.

Stefan war Grabners Lieblingsschüler und von ihm eingeladen worden, ein paar Sommerwochen mit ihm und seiner Frau in dem Haus hier an der Südküste Kretas zu verbringen. Vor zwei Tagen war er nach Athen geflogen, wo er am Konservatorium eine Meisterklasse unterrichtete, und hatte Aniko und den naiven Jungen mit den Ringermuskeln alleine dort gelassen.

Mit dem Stipendium an der Musikhochschule in Berlin hatte er seine Eltern davon überzeugt, daß er wohl wirklich kein Abitur brauchte, und sie hatten ihn von Bamberg ziehen lassen. Klavier und Komposition hatte er belegt, so kam er zu Grabner, den er sofort glühend verehrte, bei dem er in die Tiefen der Harmonik, Sonatenform, Zwölftonmusik und Serialität eintauchte, der ihn von Bach bis Luigi Nono, von Schubert bis John Cage, von Richard Strauss bis Gershwin in die Geheimnisse des Komponierens einführte – und so kam er zu Aniko, die ihm seit nunmehr 36 Stunden andere Geheimnisse zeigte.

«Wieso kennst du dich mit den Sternen so gut aus?» wollte er wissen.

«Ich bin Musikliebhaberin. Sie füllen mich mit Klängen, wie du mich mit dir ausfüllst. Und wie ich deinen Körper studieren möchte bis in alle Ewigkeit, so studier ich eben auch die Sterne. Verstehst du das, mein Stierchen?»

Stefan ließ sich wieder auf den Rücken rollen. Die Grillen waren plötzlich still. Er hielt die Augen weit geöffnet, und es war, als würde ihm das unermeßliche Gefunkel dort oben durch alle Poren dringen, als würden seine Zellen, die durch Anikos Lehren in einen urvertrauten Tanz geraten waren, jetzt Antwort geben können. Er spürte Musik mit und in allem, was es gab, die Sterne sangen und jubelten, und er geriet in einen solchen Rausch der Erhabenheit, daß er sogar für einen langen Augenblick vergaß, die Frau, die neben ihm im Weltall schwamm, noch zu begehren.

Später fütterte sie ihn mit Weißbrot und Oliven, sie leerten noch eine Flasche Wein. Am übernächsten Tag kam der Professor zurück, und Aniko hatte nichts Besseres zu tun, als vor ihm mit ihrer Eroberung zu prahlen. Das war das Ende dieser Ferien, es war das Ende von Stefans Studium, es war das Ende seiner Sehnsucht nach den Sternen.

Irdisch wollte er sein und Herr der Lage; nie mehr eine solche Demütigung ertragen wie den Rausschmiß mitten in der Nacht, nie mehr erinnert werden an den Schmerz und die Enttäuschung in Professor Grabners Augen, nie mehr mit Schwärmerei sein Lebensziel gefährden.

Die Erinnerung hatte Stefan überfallen, als er sich mittags auf sein Bett geworfen hatte und halb eingedämmert war.

Jetzt hörte er, wie unten die Haustürglocke ging, er hörte Gesine aus der Küche kommen und die Tür öffnen, er hörte Männerstimmen.

Kurz darauf klopfte es. Gesine sagte leise durch die Türe: «Stefan? Da sind zwei Herren, die dich sprechen wollen. Kommst du runter? Es hat wohl mit Eva zu tun.»

«Was wollen sie?»

«Ich weiß nicht, scheint aber wichtig zu sein.»

Er wälzte sich vom Bett. Was würde noch alles passieren?

Die Herren sahen so aus, daß er wußte, er würde ihre Gesichter sofort wieder vergessen.

«Wo können wir einen Moment ungestört reden, Herr Grundler?»

«Was wollen sie?»

«Nur zwei, drei Sätze, dann sind wir wieder weg. Also, wo?»

«Sind Sie vom Bestattungsinstitut?»

«Nicht direkt.»

«Jetzt reden Sie schon! Gesine, laß uns einen Moment allein, bitte.»

Sie zog sich, die beiden Eindringlinge mißtrauisch betrachtend, in ihr Küchenreich zurück.

«Also, ad eins», fing der an, der auch bis jetzt schon gesprochen hatte, während der andere den großen Adventskranz, der noch in der Diele hing, fachmännisch begutachtete, «die Durchsuchung am 17. hat nicht stattgefunden. Ad zwei: Erst recht nicht wurde dabei ein Koffer beschlagnahmt. Ad drei: Gregor Falkmeier hat ihre Frau getötet. Ad vier: Es gibt Möglichkeiten, einen Senatsauftrag zu canceln, ausgezahlte Vorschüsse zurückzufordern. Ad fünf: Eine Adoption läßt sich anfechten und rückgängig machen, und es gibt sehr schöne Heime für Waisenkinder. Noch Fragen? – Nein? Dann haben wir uns also verstanden. Guten Tag.»

Das Gesicht, das ihn aus dem Spiegel ansah, erschreckte ihn, und zugleich gefiel es ihm. Vielleicht hätte er sich den Bart schon längst abnehmen sollen.

26. Dezember 1999

Kommissar Neber hatte ihm, als er am Tag nach Evas Tod bei ihm gewesen war, seine Karte mit der Privatnummer gegeben – «falls Ihnen doch noch etwas einfällt ...». Jetzt brauchte er ihn. Es dauerte ziemlich lange, bis der Kommissar abhob.

«Hier ist Grundler. Herr Neber, wir müssen uns unbedingt sehen. Ich habe Ihnen was Wichtiges mitzuteilen.»

«Das geht leider nicht, Herr Grundler. Erstens liegt der Fall nicht mehr in meiner Zuständigkeit, und zweitens sitze ich schon so gut wie im Zug. Ich bin im Urlaub.»

«Sie *müssen* kommen, Herr Kommissar! Ich bin in Gefahr!»

«Aber Herr Grundler, ich sage Ihnen doch, daß ich mit der Angelegenheit nichts mehr zu tun habe! Wenden Sie sich ans BKA, die Nummer gibt's bei jeder Polizeidienststelle oder bei der Auskunft.»

«Falkmeier war's nicht! Er hat Eva nicht umgebracht!»

«Wie kommen Sie denn darauf?»

«Ich war bei ihm! Da ist eine große Verschwörung im Gange, und ich soll reingezogen werden, ich meine, ich bin schon mittendrin.»

«Herr Grundler, von wo rufen Sie mich an? – Einen Moment.»

Neber schien mit jemandem im Hintergrund zu sprechen.
«Also gut, ich komme.»

«S-Bahnhof Wannsee. In einer Stunde?»

«In Ordnung, ich werde da sein.»

Stefan trug eine ziemlich absurde buntgeringelte Strickmütze. Seine Augen waren hinter einer Elton-John-Brille mit gelbgetönten Gläsern verborgen.

«Gehen Sie unauffällig weiter!» raunte er.

«Sie haben sich verändert», bemerkte Neber, als sie das andere Ende des leeren Bahnsteigs erreicht hatten.

Stefan schnaubte nur und blickte sich nervös um, den Kopf tief zwischen den Schultern vergraben.

«Also, was genau ist passiert, seit ich bei Ihnen war?»

Stefan berichtete ausführlich von den Ereignissen der letzten Tage. «Und der vermaledeite Koffer war wohl tatsächlich im Heu gewesen, als dieser Metzger meinen Hof auf den Kopf gestellt hat. Genau wie Malte gesagt hat!»

«Metzler», korrigierte Neber ihn, «der Mann heißt Metzler.»

Zuletzt erzählte Stefan, wie er gestern unter Druck gesetzt worden war. «Aber da kennen die Brüder mich schlecht! Ich laß mir von niemandem den Mund verbieten! Ich will wissen, wer meine Frau umgebracht hat! Aber eines begreife ich noch nicht, Herr Kommissar», grübelte er. «Woher wußten die, daß ich weiß ...»

«Waren Sie und Malte mit Falkmeier im Besuchszimmer allein?» unterbrach Neber ihn.

«Nein, da standen natürlich noch so zwei Wachmänner rum ...» Stefans Gesicht verzog sich in plötzlicher Erkenntnis.

«Also, Herr Grundler, Sie machen jetzt Folgendes: Sie gehen nach Hause und halten sich erst mal ruhig. Wenn alles stimmen sollte, was Sie mir erzählen, sind Sie vielleicht wirklich in Gefahr. Es wird nicht leicht sein, das zu überprüfen, Sie wissen ja, der Fall liegt nicht mehr bei mir. Aber ich will alles in meiner Macht Stehende tun, um die Sache aufzuklären.» Jetzt sah er ihn direkt an. «Warum haben Sie sich eigentlich gerade mir anvertraut?»

Grundler blickte sich noch einmal über beide Schultern um. «Erstens sind Sie der einzige Bulle, den ich kenne, und zweitens», er zögerte, «zweitens mag ich Sie irgendwie.»

«Oh, das freut mich.»

«Ich hatte», noch ein Zögern, «von Anfang an das Gefühl, daß wir uns irgendwoher kennen. Ich komm bloß nicht drauf, woher.»

«Na, das finden wir vielleicht auch noch raus», überbrüllte der Kommissar den Lärm einer einfahrenden S-Bahn. «Erst mal danke ich Ihnen für Ihre Hinweise. Ich melde mich, sobald es was Neues gibt.» Er stieg in einen der alten Waggons. Bevor die Türe sich schloß, rief er noch: «Schade um Ihren schönen Bart, übrigens.»

27. Dezember 1999
9 Uhr 30

Zum Glück waren nach der Szene neulich in der Küche weder Heiner noch Gesine, noch Selma «verreckt», sie waren geblieben, schienen sogar noch näher zusammengerückt. Stefan hatte sich mit allen versöhnt. Er hatte eine klärende Aussprache mit Heiner gehabt, in der er um Verzeihung für seinen Ausbruch und die Ausbeutung der vergangenen Jahre bat. Er hatte Selma gesagt, daß er ihr Vater war, was diese ruhig und glücklich, wie es schien, aufnahm. Die Wahrheit war also nicht immer zerstörerisch, sie konnte auch Wärme erzeugen.

Jetzt saßen sie alle, auch Malte, an Charlys Bett im Krankenhaus in Potsdam. Er war tatsächlich um eine Operation herumgekommen und klopfte schon wieder dumme Sprüche über Stefans neues Aussehen, die Schwestern und die Mitpatienten.

Es war verrückt. Seit Evas Tod war alles besser geworden. Nein, natürlich nicht alles. Aber die wunden Herzen waren sensibler, und Charlys Herz heilte. Stefan war dankbar für diese Menschen, die zu ihm standen, obwohl sein Leben vor aller Augen zerfiel.

Charly schwor einen heiligen Eid, nie mehr zu trinken, die Revals zu verbannen, seinen Koksdealer durch Abstinenz zu einem armen Mann zu machen.

«Weißte», sagte er mit rauher Stimme, «dat bin ich Eva schuldig. Dat konnte so nich weitergehen. Die paßt jetz auf, dat keiner von uns Scheiße baut, ne? Jetz werden wer total seriös, stimmt doch, Malte, oder nich? Die Mama paßt von Himmel ganz doll auf ihre Bande auf.»

 Er strich dem Jungen über die Haare, dann mußten sie gehen, es war Chefvisite.

Schmakowsky von der Bank hatte Stefan gebeten, auf einen Sprung vorbeizuschauen. Die anderen erledigten solange Einkäufe.

«Herr Grundler», quäkte er. «Schön, daß Sie kommen konnten, wir gehen am besten mal nach hinten.» Er führte Stefan in ein Besprechungszimmer.

«Ein bißchen unangenehm, also es ist mir ein bißchen unangenehm, aber das kommt direkt von der Zentrale in Frankfurt, nicht wahr?» Er machte eine Pause, in der er auf der Tastatur des Computers fingerte und mit verkniffenem Gesicht in den Monitor starrte.

«Herr Schmakowsky? Was kommt von der Zentrale?»

«Na sag ich doch, direkt von der Zentrale. Sie müßten bitte das, also Sie müssen bitte den Kredit, nicht wahr, rückführen. So, da hab ich's. Das sind, zusammen mit dem Zins, also leider noch dieses Jahr, ich weiß auch nicht, die sind da manchmal also eigen, nicht wahr, das wären also mit dem Zins, äh, den Zinsen, wären das jetzt dann doch schon, also hier, ich drucke Ihnen das mal ganz schnell aus, Sie sehen ja selbst, da kommen dann noch also die Gebühren, sehen Sie, insgesamt also ein bißchen über zwei-sechs. Ja.»

«Herr Schmakowsky? Ist Ihnen nicht gut?»

Schmakowsky zuckte auf. «Wie? Gut? Doch, doch, eben schon ein bißchen unangenehm. Ich hab ja auch in der Zeitung und im Fernsehen, war ja alles voll, nicht wahr? Und natürlich, entschuldigen Sie, herzliches, also herzliches Beileid. Ganz schlimm, ganz schlimm, ganz schlimm.»

«Brauchen Sie vielleicht einen Schluck Wasser?»

«Und sonst? Die Kunst? Ja? Freut mich. Also eben dann doch schon in den nächsten Tagen, bitte. Hier, sehen Sie, zeig ich Ihnen mal, der Brief aus Frankfurt, nicht wahr? ‹… sehen wir uns leider gezwungen, den Darlehensvertrag mit sofortiger Wirkung …›, na, Sie sehen ja selbst.»

«Sie spinnen», stellte Stefan sachlich fest.

«Na ja, ich weiß nicht, glaube nicht, eigentlich. Ist mehr so … also …»

«Das ist unmöglich. Das kann ich nicht. Sie wissen doch genau, daß ich das Geld in mein Studio gesteckt habe. Das ist meine Arbeitsgrundlage. Sie wollen mich doch nicht ruinieren, Herr Schmakowsky!»

«Nein, ich selbst, also wie gesagt, gar nicht. Und noch mal, mir persönlich tut das auch sehr leid, nicht wahr …»

«Moment, Herr Schmakowsky, jetzt mal ganz ruhig, ja? Ich will erst mal die Gründe wissen.»

«Gründe? Gibt's da – auch, natürlich, äh, hier: ‹… haben wir in Erfahrung gebracht, daß der Vertrag, der Grundlage der Darlehenszusage war, aufgelöst wurde und daß von daher Ihre zu erwartenden Einnahmen …›.»

«Wie bitte? Aufgelöst?» Stefan riß dem schwitzenden Banker das Papier aus der Hand. Schmakowsky hatte vorgelesen, was da stand.

Ohne ein weiteres Wort verließ er das Gebäude, stieg in sein Auto und versuchte, Munde anzurufen. Bei der Berliner Festspiel GmbH ging keiner ans Telefon.

Auch Kommissar Neber war nicht zu erreichen, eine alte Frau hob ab. Sie sagte, daß sie nicht wisse, wann ihr Sohn zurückkomme.

Diesmal trugen sie Schwarz. Sie standen vor ihrem Ü-Wagen mit aufmontierter Satellitenschüssel und der Aufschrift TWIN-TV, stampften mit dünnen Schuhchen den Schnee, der auf dem Hof lag, und schienen ein lebhaftes Streitgespräch zu führen, bei dem sie von dem Rothaarigen gefilmt wurden.

27. Dezember 1999
12 Uhr 30

Stefan hatte Inga und Uta von Gülrich völlig vergessen gehabt, was ihm erst jetzt, als er mit Malte, Heiner, Gesine und Selma aus der Stadt zurückkehrte, mit Erstaunen zu Bewußtsein kam. Dabei war die zweite Begegnung, die er mit ihnen gehabt hatte, Anfang August in ihrem Kneipen-Studio, sehr eindrücklich gewesen. Charly hatte vorher den medialen Stellenwert ihrer Live-Show «Terrible Twins» überprüft und befunden, es könne nicht schaden, darin aufzutreten. Sie waren nicht Gottschalk oder Letterman, aber für Berlin durften sie tatsächlich so etwas wie Kultstatus beanspruchen.

Stefan Grundler, der gewichtige Komponist, hatte sich im Schwirren ihrer respektlosen, geistreichen Fragen, Anspielungen, raschen Themenwechsel und erfundenen Zitate wie ein Wattebausch gefühlt, der zwischen den Strahlen zweier Preßluftdüsen schwerelos hin- und hergeworfen wird, und es war ihm in der halben Stunde, die er bei ihnen zu Gast war, nicht einmal beschieden, den Boden zu berühren. Das war nicht unangenehm gewesen, aber anschließend war er sich zerzaust und fast substanzlos vorgekommen. Ein etwas hilfloses Kichern war in ihm zurückgeblieben, das Gefühl, vieles und doch nichts erlebt zu haben, und er konnte sich an keine einzige der Sottisen, mit denen er bombardiert worden war, an keine einzige seiner eigenen Antworten erinnern.

«Da sind wir wieder», verkündete eine der Zwillinge mit ernster Miene.

«Steht Ihnen gut, wenn ich das sagen darf», sagte die andere, indem sie auf Stefans bartloses Gesicht deutete.

«Wir überfallen Sie in schwerer Zeit, nicht wahr? Ist aber nicht bös gemeint.»

«Schau, Inga, das muß Malte sein.» Uta, wenn sie es war, ging vor dem Jungen in die Hocke. «Bist du Malte? Wir wissen alles über dich.»

«Wir haben auch das schöne Bild gesehen, das du für deinen Vater gemalt hast.» Das war wieder Inga.

Und Uta: «Herr Grundler, ob Sie wohl – wir wollen nicht unverschämt sein, ich meine, nicht noch unverschämter –, aber ob Sie wohl ein Täßchen Tee für uns hätten? Die kalte Landluft ...»

Gesine und Selma trugen die Einkäufe ins Haus und nahmen Malte mit. Heiner stand etwas unschlüssig da.

Das Flimmern vor Stefans Augen hatte schon wieder eingesetzt. «Das Bild? Sie haben Maltes Bild gesehen?»

«Hat's in seiner Zelle aufgehängt. Ehrenplatz über 'm Bett.»

«Pritsche. Im Gefängnis heißt das Pritsche», korrigierte Uta.

«Gut, Pritsche.»

«Sie waren in Falkmeiers Zelle? Aber was haben Sie ...?»

«Wir kommen da nicht weiter! Ist alles ziemlich – whuuh», leicht geziertes Hochziehen der Schultern, «ziemlich, wie soll ich sagen?» Ungeduldiger Blick zur Schwester.

«Sag doch einfach abgespaced, aufregend, himmlisch kompliziert, ein echter Knaller, Gefahr, Gefahr.»

 «Ziemlich Gefahr, genau. Wir kommen da nicht weiter wegen der Gefahr!»

«Schauen Sie nur: Carsten hier», Kraulen am roten Ziegenbärtchen des Kameramanns, «Carsten ist schon ganz durchgefroren. Und ich auch.»

«Und ich auch!» protestierte Inga.

«Hätten Sie …»

«… 'ne Tasse Tee?»

Heiner mußte lachen. Er lachte immer lauter, das steckte an. Stefans Gelächter schallte über den Hof und darüber hinaus, Tränen liefen über seine nackten, kalten Backen, er bog sich, spürte seine Füße wieder, schlang seinen Arm um Heiner, um nicht umzufallen, lachte, lachte.

«Dann wollen wir», er kam nicht weiter, «dann wollen wir dem Carsten», noch ein Schwall, «dem Carsten ganz schnell einen Tee …»

Die beiden Freunde prusteten zusammen wie nicht mehr seit der Zeit, als sie den letzten Joint gemeinsam zelebriert hatten.

«Also kommt schon rein, euch schickt der Himmel!»

Beim Hineingehen ins Haus fragte die eine, etwas pikiert, die andere: «Was wohl an Tee so komisch ist?»

Es wurde eine vergnügte halbe Stunde. Inga und Uta schienen ein dringendes Anliegen zu haben, aber es dauerte lange, bis Stefan verstand, worum es ging. Und wie sie es dann erklärten, das ließ ihn vergessen, wie ernst seine Lage war.

«Und zwar war erstens ein sehr süüüüßer Kumpelfreund von Gregor –»

«Der ist aber auch sehr süß!»

«– bei uns.»

«Klausi aus Niederbayern.»

«Die niedlichste niederbayerische Tucke von ganz Berlin!»

«War bei uns, sagt: ‹Ja mei, Mädels, i find eich ja so super, i bin a echter Fan von euch, und da hab i mir denkt, des san die richtigen, zu dene geh i hin.›»

«Haut uns 'n Ordner auf'n Tisch …»

«Mehr so 'ne Mappe …»

«… und sagt: ‹Des hat mir der Gregor Falkmeier geb'n und hat g'sagt, wenn mir was passiert, bringst es zur Presse.›»

Beide beherrschten das bayerische Schwulenidiom perfekt, und sie schienen größtes Vergnügen daran zu haben, Klausi zu imitieren.

«‹I bin ja a ganz a alter Spezl vom Gregor, ich lieb ja den Kerl ganz narrisch! Und jetzt is ihm was passiert, eing'locht hams' ihm, habt's as ned g'sehn, überall im TiVi. Und weil i euch zwei so unbandig super find, hob i mir denkt: Zu dene gehst.›»

«Wir schauen uns den Ordner an …»

«… die Mappe –»

«… und lauter so Geheimdienstkram ist drin. Wir verstehen nur Hafen …»

«… Bahnhof, sie meint Bahnhof …»

«… obwohl wir doch so schlau sind …»

«… ja, wir sind wahnsinnig schlau!»

«… und sind ganz bill.»

«Baff. Das ist jetzt wieder be-a-ef-ef!»

«Baff, meinetwegen. Be Ka A.»

«… und Europol.»

«… und Ka Ge Be.»

«… und Si Ai Ey.»

«Was soll uns dieses, denkt es uns!»

«Es denkt uns: Sind wir falsch verbunden?»

«Ja, sag ich doch!»

«Wir machen eine kleine Zauberei …»

«... und schwups sind wir im Santa Fu ...»
«... das ist in Hamburg, blöde Kuh!»
«Dann eben Tegel.»
«Justuzvullzugsunstult!»
«Und jetzt erzählt der uns ...»
«... ich find den süßer!»
«... erzählt der Gregor uns sooo 'ne Story!»
Und das alles wurde von Carsten mitgeschnitten.

Wie sie es schafften, bei diesem Tempo noch ihren Tee zu trinken, war unklar, aber sie schenkten sich immer wieder nach, tranken, redeten, zwitscherten, kicherten, alles an ihnen schien Mund zu sein und Wort.

Am Ende hatten sie Stefan überzeugt, er müsse jetzt mit ihnen nach Berlin kommen, Rolf Metzler aufsuchen, ihn vor laufender Live-Kamera mit den Ungeheuerlichkeiten, die ihm widerfahren waren, konfrontieren, nur Öffentlichkeit könne ihn vor der Vernichtung bewahren, er sei es sich, Eva und der Wahrheit schuldig. Und so fuhr er hinter ihnen her und fühlte sich zum ersten Mal seit Tagen nicht mehr machtlos, sondern stark und tatendurstig.

Vor dem Gebäude des Bundesministeriums des Inneren am Spreeufer war kein Durchkommen. Eine Gruppe von farbenfroh kostümierten Gestalten – wer sich die Mühe gemacht hätte, sie zu zählen, hätte feststellen können, daß es zwölf waren – bildete genau vor der schwerbewachten Einfahrt zum Besucherparkplatz einen Kreis. Sie trugen große, stilisierte Masken und Plakate, auf denen Slogans wie: «Astrodrama. Wir heilen die Welt durch die Kraft der Sterne», «Sei im Einklang mit dem Kosmos», «Es ist noch nicht zu spät», «Die Rettung kommt aus dem All» zu Besinnung und Umkehr aufforderten.

Zugleich mit dem kleinen Konvoi aus dem Twin-TV-Transporter und Stefans 4WD trafen acht oder neun Polizei-VW-Busse ein, offenbar herbeigerufen von den Sicherheitskräften des Bundesgrenzschutzes, die das Ministerium vor dem steten Heranbranden von Terror und Anarchie bewahrten. Die Polizeibeamten sprangen aus ihren Fahrzeugen und begannen, die unangemeldete Demonstration des kosmischen Überlebenswillens mit beherzten Griffen aufzulösen. Die maskierten Darsteller leisteten nur passiven Widerstand, dennoch dauerte der Vorgang so lange, daß für die Twins und Stefan auch die letzte Hoffnung schwand, wenigstens rechtzeitig zum Ende der Pressekonferenz zu kommen, die Rolf Metzler heute in den Räumen des BMI zum Thema «Internationale Bandenkriminalität im allgemeinen und aktueller Stand der Ermittlungen im Fall des High-Tech-Waffenschmuggels im besonderen» abhielt. Die Flut der Autos, die an diesem ersten verkaufsoffenen Tag nach Weihnachten aus dem Umland und den Außenbezirken in die Stadt drängten, zum großen Umtausch mißlungener, ungeliebter, unpassender Geschenke, hatte die Straßen so verstopft, daß die kleine, konfrontationsbereite Schar mehr als doppelt so lange wie gedacht für den Weg von Ferch ins glanzvolle neue Regierungsviertel gebraucht hatte. Die rührend um die Unversehrtheit ihrer mit astrologischen Symbolen geschmückten Kostüme besorgten Sternenspieler wurden auf drei der Einsatzfahrzeuge verteilt und fortgebracht.

Und gerade in dem Moment verließ ein anderer Konvoi das Gelände, eine gepanzerte Audi-Limousine, vor und hinter der zwei Begleitfahrzeuge fuhren.

«Das muß Metzler sein!» quäkte Ingas (oder Utas?) Stimme aus dem Walkie, das auf Stefans Beifahrersitz lag. «Lassen Sie Ihre Karre stehen, und kommen Sie zu uns nach vorne, wir hängen uns dran!» Es war Carstens Idee gewesen, die Kommunikation während der Fahrt auf diese Weise zu ermöglichen, und das Zwillingspaar hatte Stefan in dem endlosen Stau mit einem Feuerwerk von Einfällen unterhalten. Er folgte der Anweisung, quetschte sich hinten in den mit Technik vollgestopften Van, und sie nahmen die Verfolgung der unter Einsatz von Blaulicht die Uferstraße hochjagenden Fahrzeuge auf.

Carsten, der den knallgelben Transporter steuerte, schien ein Anwärter auf die oberste Stufe des Formel-1-Siegertreppchens zu sein. Er ließ die Stoßstange des hinteren Begleitfahrzeugs nie mehr als drei Meter Abstand gewinnen, reifenquietschend jonglierte er um Kurven, überfuhr Stopschilder …

An der roten Ampel vor einer verstopften Kreuzung hielt Metzlers Kolonne an, die Türen des letzten Wagens sprangen auf, und zwei kräftige Herren in Zivil waren sofort links und rechts an den Fenstern des Transporters. Die Insassen blickten in die Mündungen zweier großkalibriger Waffen, die Herren ihrerseits blickten verblüfft in die Linse der Kamera, die eine der Zwillinge schon seit Beginn der Jagd eingeschaltet hatte.

«Euch haben sie wohl ins Hirn geschissen!» polterte der eine.

«Nee, ham se gar nicht», konterte der Zwilling mit der Kamera sofort, wobei sie auf ihren Kopf klopfte. «Kommen Se nicht rein, is nämlich 'n Deckel drauf.»

«Verpißt euch sofort, ihr Schlampen, sonst …», versuchte es das andere Kraftpaket.

«Wie, genau, geht eigentlich ‹sich verpissen›? Klingt nach 'nem ziemlich metaphysischen Vorgang, Transsubstantiation im Urogenitalbereich, wie?»

«Ist wieder grü-hün, ihr zwei Schnuffelhasen», deutete die andere nach vorne. «Hopp, hopp, ins Wägelchen, sonst fahren sie ohne euch weiter!»

Stefan schob die Türe auf und lief an den verwirrten BKA-Männern und ihrem Wagen vorbei zu dem Audi und trommelte heftig gegen die Scheibe, hinter der Metzlers Charakterkopf zu sehen war. Der Blick, der ihn von dort traf, war vernichtend. Trotzdem ließ Metzler das Fenster herunter.

«Herr Grundler, wie schön, Sie zu sehen», sagte er mit spürbarer Beherrschung. «Kann ich irgend etwas zu Ihrem Wohlbefinden beitragen?»

«Können Sie, können Sie!» antwortete Stefan, aber weiter kam er nicht, denn nun spürte er im Nacken kaltes Metall, seine Füße wurden mit zwei schnellen, kräftigen Tritten auseinandergeschoben, die Hände auf das Dach des Audi geklatscht, und fremde Hände klopften jede Stelle seines Körpers ab.

«Sauber», meldete der Beamte, der aus dem ersten Wagen gekommen sein mußte, von hinten.

«Ja, aber was glauben Sie denn, Lehmann», ließ Metzler seinen Baß hören. «Herr Grundler ist doch kein Krimineller. ... Nicht wahr, Sie sind doch Künstler und kein Krimineller?»

«Bin ich, ja, bin ich. Im Gegensatz zu Ihnen!»

«Lehmann, jetzt nehmen Sie schon das verdammte Schießeisen weg, Sie sehen doch, daß ich mich mit einem braven Steuerzahler und potentiellen Wähler unterhalte!»

Das Metall verschwand aus Stefans Nacken.

«Also, in aller Ruhe und Freundschaft, Herr Grundler. Was kann ich für Sie tun?»

«Sie können mich ... Sie müssen mir ...»

«Wir sind gaaanz viel zu spät zu deiner Pressekonferenz gekommen, Onkel Metzler, leider leider leider, Entschuldigung von Mami wird morgen schriftlich nachgeliefert», flötete Inga (oder Uta?), die, begleitet von einem der kräftigen Herren, der verlegen grinste und ganz rote Ohren hatte, herangetreten war.

«Ich bin bejauchzt, daß Ihre Wauwaus hier gar nicht so abgebrüht sind, wie sie aussehen! Soll ich Ihnen den Witz auch erzählen? Also: Kommt ein Känguruh …»

Ihre Schwester war nun ebenfalls dazugekommen.

«Untersteh dich!» fauchte sie. «Herr Be-Ka-A ist solch lose Rede nicht gewöhnt, er ist evangelisch. Sind Sie doch? Na eben.»

Hinter ihr stand Carsten, die Kamera auf der Schulter.

Das Hupkonzert, das sie mit ihrem Stop an der Ampel ausgelöst hatten, war mittlerweile ohrenbetäubend. Metzler blickte sich unbehaglich um.

«Also, meine Damen, Herr Grundler …»

«Wir würden nur gerne ein paar Fragen an Sie richten», unterbrach ihn die eine.

«Und zwar richtige, gerichtete Fragen!» ergänzte die andere. «Und der Witwer hier will auch das eine …»

«… und vor allem auch das andere! –»

«… von Ihnen wissen.»

Damit hakten sie sich bei Stefan unter und posierten mit ihm vor Metzlers Wagen für die Kamera wie Hostessen, die gleich einen Filmstar ins Premierenkino geleiten.

«Aber doch nicht hier auf der Straße! Melden Sie sich in meinem Büro», Metzler streckte seine Hand, die eine Visitenkarte hielt, zum Fenster raus, «und lassen Sie sich einen Termin …»

«Straßentermine sind aber viiiiel besser …»

«… finden wir.»

«Wer hat meine Frau umgebracht?»

«Herr Grundler, ich verstehe, daß Sie erschüttert sind, aber gerade von Ihnen als Augenzeugen wundert mich diese Frage denn doch sehr, ich muß schon sagen.»

«Falkmeier war's nicht!» sagte Stefan.

«Er war's und war's eben nicht», das war eine der Twins.

«Statt dessen war's nämlich ein ganz anderer!» sagte die andere. «Und wer, wollen wir wissen!»

«Und auch, warum Sie bettelarme Komponisten über Waffenkoffer anlügen?»

«Das ist 'ne blöde Frage, Inga», wies ihre Schwester sie zurecht. «Weil Lügen einfach Spasssss macht, ist doch klar. Bloß erwischen lassen dürfte sich ein Metzler nicht dabei!»

«Dürfte nicht, hat er aber.»

Carsten war mit der Kamera jetzt dicht an Metzlers Gesicht.

«Grundler», stöhnte der, am Ende seiner Geduld. «Was lassen Sie sich mit solchen Schlamuffen ein? Haben Sie doch gar nicht nötig!»

Auch Stefan wurde es nun zuviel. «Ruhe! Alle zusammen Ruhe!» brüllte er. Sofort erstarrten die Twins in gespieltem Erschrecken, und auch Metzler zuckte unwillkürlich zusammen.

«Herr Metzler! Irgend jemand versucht mein Leben zu ruinieren, und er hat es schon fast geschafft. Ich will erstens wissen, wer meine Frau umgebracht hat. Ich will zweitens meinen Kompositionsauftrag wiederhaben. Ich will drittens, daß Sie veranlassen, daß die Kreditrücknahme wiederaufgehoben wird. Und ich will viertens in Ruhe gelassen werden. Einfach in Ruhe gelassen, verstehen Sie? Wenn das nicht passiert, gehe ich mit dem, was ich weiß, an die Öffentlichkeit und mach Sie fertig, ich vernichte Sie, das nächste Jahrtausend findet ohne Sie statt ...»

«Aber Herr Grundler, Sie sprechen wirklich in Rätseln! Was habe ich mit all dem zu schaffen? Womit wollen Sie an die Öffentlichkeit gehen? Ich wäre Ihnen dankbar, wenn Sie mich jetzt weiterfahren ließen, ich habe noch ...»

Uta beugte sich vor und sagte, plötzlich vollkommen konzentriert: «Sie wissen, daß wir die Kopie eines Dossiers haben, das belegt, daß der Schmuggel dieser Superwaffe von deutschen

 Behörden geplant und eingefädelt worden ist. Ihr Name taucht darin ebenso auf wie der des EUROPOL-Chefs Pierre Valence und vor allem der des legendären Superagenten Gabriel Anders.»

Noch einmal zuckte Metzler zusammen.

«Wir sind keine Enthüllungsjournalisten, wirklich nicht. Uns geht es nur darum, daß der unschuldig im Gefängnis sitzende Gregor Falkmeier freigelassen wird und daß der noch unschuldigere Stefan Grundler von Ihren infamen Belästigungen verschont bleibt. Entweder Sie sagen uns jetzt und hier beides zu, oder Sie und Ihre Kumpel sind morgen auf den Titelseiten, aber anders, als Sie sich das wünschen.» Sie sah sich um. «Carsten, hast du alles? Hast du sein Gesicht?»

«Nehmt ihnen die Scheißkamera weg!» brüllte Metzler. «Wer hier wen vernichtet, werden wir noch sehen!»

Die drei Männer, die bisher unschlüssig herumgestanden hatten, rissen dem Rothaarigen das Gerät von der Schulter, sprangen in ihre Wagen, und die Kolonne drängte sich so schnell und rücksichtslos in die verstopfte Kreuzung, daß eine weitere Verfolgung aussichtslos war. Mit noch ausgestreckten Händen sah Stefan ihrem Verschwinden im Verkehr nach.

«Ist schlimm und auch nicht so schlimm», sagte Inga. «Gute Technik macht nämlich gute Sachen, was, Carsten?»

«Macht sie, klar», antwortete der. «Aber die Kamera kostet auch paar Märker, und jetzt ist sie futsch.»

«Wir überspielen nämlich alles, was wir aufnehmen …»

«… nämlich kabellos …»

«… ins Auto.»

«Und dort wird's uffjenommen. Nämlich.»

«Also habt ihr alles?» fragte Stefan.

«Ja, haben wir.»

«Und der mit dem Känguruh geht nämlich so …»

Pause, ich mußte eine Pause machen! Ich drückte auf den Knopf der Fernbedienung, mit der ich den astroholographischen Budenzauber von HOLY jederzeit beenden konnte, und befand mich wieder in meinem dicklichen Körper, der auf der Liege in dem Glaskubus im Tiefgeschoß von CAPRICORN MULTIMEDIA MARKETING ausgestreckt war und glücklicherweise geduldig auf mich gewartet hatte.

28. Dezember 1999
23 Uhr 20

Die Wände des Kubus wurden durchsichtig, ich löste den Sensor von meiner Stirn, spannte und entspannte meine Muskeln, um mich wieder ganz zu spüren, und erhob mich. Mau Hy Li, die kleine Chinesin, die zusammen mit Frederik meine Reise in den Cyber-Space betreute und bewachte, fuhr die Gangway heran, und ich verließ den Kasten.

Ich sah auf die Uhr. Wenig mehr als eine Stunde war vergangen, seit ich aus dem Sternendom durch das Tor im Fuß einer der gewaltigen Säulen «gegangen» war (oder wie soll man es nennen, wenn man sich körperlos, nur mit dem Bewußtsein, bewegt?), aus dem ein intensiver, sattgrüner Schein hervordrang.

«Verhindere, was bereits geschehen ist!»

Der Satz machte mich nervös. Was sollte das heißen? Ich konnte doch, genau wie bei der vorherigen Reise durch Falkmeiers Widder-Welt, nicht eingreifen! Ich hatte machtlos zusehen müssen, wie beide in ihr Verderben liefen: Falkmeier saß wieder im Knast, auch wenn er, glaubte man der Darstellung der Ereignisse in HOLY, nicht der Täter war. Und wo Stefan Grundler enden würde (oder eben bereits geendet war), hatte ich ja in der «wirklichen» Wirklichkeit ebenfalls mit eigenen Augen gesehen: Er war – wenn nicht ein Wunder geschähe – tot, erschossen von einem Profikiller.

Und dennoch hatte der Satz eine Magie, der ich mich nicht entziehen konnte. Er widersprach aller Logik, schien nur Ausdruck einer kindlichen Sehnsucht, das Rad der Zeit zurückdrehen zu können – aber nach den Erfahrungen, die ich hier machte, schien mir langsam fast alles möglich. Wenn ich in dieser Plastizität, die weit über den Realismus jedes Films hinausging, nicht nur vergangene Geschehnisse beobachten, sondern sogar die Gedanken, Gefühle und Erinnerungen eines völlig fremden Menschen wahrnehmen konnte, müßte es dann nicht auch möglich sein, an irgendeiner Stelle demjenigen einen Hinweis zukommen zu lassen? Ihn zu warnen, ihm zuzurufen: Entscheide dich hier anders!?

Wenn ich, wie jetzt, darüber nachzudenken versuchte, hatte ich das Gefühl, mein bißchen mühsam erworbener Verstand fliege in alle Richtungen auseinander, und ich wollte nur noch fliehen. Und zur gleichen Zeit wußte ich doch, daß ich den Point of no Return längst überschritten hatte, daß mit der Lösung des Falls, der ich auf so außergewöhnliche Weise auf der Spur war, auch ich selbst betroffen war. Das Elend, als Findelkind nicht zu wissen, woher ich stammte; das untergründige Gefühl, daß gerade darin eine Art Auszeichnung oder Berufung liege; die dunklen und doch auch strahlendhellen Reden von Lilà, die in diese Richtung wiesen; die unerklärliche Gewißheit, so mit dieser Frau verbunden zu sein, als wäre sie ein Teil meiner selbst, ich ein Teil von ihr …

Ich hatte Metzler gesehen, den Mann, dem ich verdankte, daß ich auf unbestimmte Zeit vom Dienst suspendiert war. Ich hatte Lilà gesehen, bei Grundlers Festmahl unter der Linde, beim Aufbruch zum Flughafen. Und vor allem: Ich hatte mich selbst gesehen! Hatte gesehen, wie ich im Revier der Flughafenpolizei Stefan

Grundler nach dem Tod seiner Frau vernahm. Hatte meine Stimme am Telefon gehört, als er mich um ein Treffen bat. War dem frierenden Kommissar Neber am Bahnhof Wannsee begegnet.

Und genau so, nur aus einer für mich vollkommen neuen Perspektive gesehen, hatte sich alles tatsächlich zugetragen! Waren es nur meine Erinnerungen, um die herum die Cyberkiste eine Geschichte spann? Das konnte nicht sein! Zu vielfältig waren die Verbindungen zu dem, was ich aus meiner konkreten Ermittlungsarbeit als Polizist erfahren hatte. Zu fremdartig und doch präzise waren die Eindrücke, die ich von den beiden, Falkmeier und Grundler, gewonnen hatte. Und zu unabweisbar kehrte ein weiterer Satz, den Lilà gesagt hatte, in mein Gedächtnis zurück: «Wer sind die zwölf, in diesem Kreis; und vor allem: Wo steht man selbst?»

Aber dann: Wie sollte einer wie ich, der dem Übersinnlichen bisher in seinem Leben keinen Platz gegeben hatte – nicht geben mußte und auch nicht geben wollte! –, sich zurechtfinden in diesem Gewirr von Ahnungen, Andeutungen, elektronischen und mystischen Unbegreiflichkeiten?!

Ich fühlte mich überfordert wie nicht mehr seit dem Tag, als ich als Halbwüchsiger (damals galt ich, aufgrund meiner Unfähigkeit, zu sprechen, als debil) zusehen mußte, wie mein Ziehvater bei einem Überfall auf seinen Gemüseladen mit einem Baseballschläger wie ein Stück Vieh erschlagen wurde, als ich weder um Hilfe rufen noch ihm beistehen konnte. Wie damals hatte ich nur einen Wunsch: All das sollte nie passiert sein, ich wollte wieder der etwas langsame und vielleicht einfältig wirkende Kripomann sein, der beharrlich seine Fälle abarbeitet, noch nicht erkaltet von den Schrecken des Verbrechens und doch, oder vielleicht gerade deshalb, sehr erfolgreich. Wie damals bewegte ich mich in einem Nebel, der nicht zu ertragen war. Ich drehte mich im Kreis, wie damals, auf der Suche nach einem Ausweg. Die Frage «Warum ich?» stieg mit wachsender Empörung in mir auf. Ich war nicht souverän, und ich haßte es, nicht souverän zu sein.

Im Halbdunkel der unterirdischen Halle, in dem mein unmögliches Reisegefährt hing wie ein gefährlicher Kristall, versuchte ich, an irgendeiner Stelle Klarheit in mein Inneres zu bringen, aber es gelang mir nicht.

«Verhindere, was bereits geschehen ist.»

Kindliche, kindische Sehnsucht, ja, vielleicht. Aber genau das war es doch gewesen, was ich meine ganze Jugend, was ich eigentlich mein ganzes Leben über immer gewollt hatte: Der Gemüsehändler Sebastian Neber sollte nicht erschlagen worden sein wie ein Stück Vieh, und, als ich aus der Scheindebilität erwacht war und begonnen hatte, mehr von der Welt zu begreifen. Kein Mensch sollte je erschlagen, erdrosselt, erstochen, erschossen, vergast worden sein, das Leiden war ja gar nicht zu ertragen, alles, die ganze blutige Geschichte menschlicher Grausamkeit, durfte es nicht geben und gegeben haben, es durfte keine Kinder mit zerbrochenen Sternenaugen geben, mit geblähten Hungerbäuchen, mit von Minen zerfetzten Beinen – und auch kein Kind mit nichts als ein paar Kleidern und einem Zettel, auf dem nur ein Name stand: «Michael».

Ich rutschte, weit entfernt von Frederik und Mau Hy Li, die bei den summenden Geräten auf mich und die Fortsetzung meiner Reise warteten, mit dem Rücken an einer Säule herab in die Hocke und wurde von einem Schluchzen ergriffen, wie ich es seit Kindertagen nicht mehr erlebt hatte.

Wer war ich? Was sollte ich auf dieser Welt, wenn ich doch nichts tun und nichts verhindern konnte? Wenn Berlin, und vielleicht die ganze Welt, auf einen Abgrund zuraste, den ich bereits überall um mich herum spürte?

Ich kann nicht sagen, was mich auf einmal in diese Höllenvision gestürzt hatte. Ich weiß nur noch, daß das nächste, was ich spürte, eine Hand war, die über meinen Kopf strich, ganz zart und ruhig und achtsam.

Der haltlos heulende Kriminalkommissar wurde gestreichelt von der liebevollen Hand des Günther Grundler, des Behinderten, des Mongo. Er hatte sich mit weitgespreizten, flach ausgestreckten Beinen ganz dicht vor mich auf den Boden gesetzt, und als ich jetzt aufsah, blickte ich in seine schräggestellten Augen, in denen ein verstehendes, schelmisches Lächeln funkelte.

«Mußt du nämlich gar nicht so weinen», sagte er. «Du bist ja ganz dumm! Die Kühe wissen das, und der Günther weiß das, und der liebe Gott weiß das, und du hast es vergessen?» Dabei streichelte er weiter rhythmisch meinen Kopf. «Ist nämlich nix nie zu spät! Hast du vergessen, wie? Oh, du bist so dumm, so dumm. Nix nie zu spät. Das darf man nicht vergessen. Nix nie zu spät.»

28. Dezember 1999
10 Uhr 30

«Stefan, Stefan! Dein Bart! Du bist draußen! Draußen, Stefan, du bist draußen! Dein Bart ist wieder dran!»

Günther kam mit flappenden Armen und verkrampften Händen in die Kapelle gelaufen, obwohl er genau wußte, daß er das nicht durfte, wenn Stefan arbeitete. Sein Gesichtsausdruck wechselte zwischen panischer Heiterkeit und ungläubigem Entsetzen. Der kalte Luftzug, der durch die offene Türe kam, bewegte die Notenblätter an den Wänden.

Stefan saß bereits seit acht Uhr hier und feilte an der Krebsmusik, um ihr alle Schnörkel zu nehmen, sie noch mehr zu reduzieren auf das, was sie sein sollte: herzbohrende Einfachheit, Gefühl, Gefühl, Gefühl. Es war nur die Layout-Fassung, an der er arbeitete, aber fürs erste boten die gesampelten Klänge, die er benutzte, schon einen befriedigenden Eindruck. Vielleicht gelang ihm diesmal wirklich große Musik.

«Günther, mach die Tür zu und komm rein, hör dir das an. Hörst du Eva? Da singt unsere Eva. Hörst du das?»

«Aber draußen ...» Günther sah sich um, dann begann er, sich zu entspannen. «Da draußen ...» Er schloß die Türe.

Es konnte keinen besseren Zuhörer geben als diesen Bruder. Wenn ihn Musik ergriff, gab es sonst nichts mehr auf der Welt. Seine Augen schlossen sich, er wiegte sich wie von einem inneren Wind bewegt, von ihm konnte man wahrhaft sagen, er war «ganz Ohr». Sein Anblick war Labsal fürs Herz, und Stefan wußte, daß er auf dem richtigen Weg war.

Die angepinnten Blätter an den Wänden flatterten erneut leicht auf. Stefan wandte den Kopf, um zu sehen, wer da noch in sein Allerheiligstes eindrang, und glaubte, seine überspannten Nerven spielten ihm einen dummen Streich. Und als sich die Erscheinung auch bei längerem Hinstarren nicht auflöste oder veränderte, war ihm, als griffe nun endgültig der Wahn nach ihm.

In der offenen Türe seines Studiogebäudes sah er sich selbst. Kordhose, Holzfällerhemd, Fellweste, Gummistiefel, Locken, Vollbart: Stefan Grundler!

Das Gespenst wiegte im Takt der Musik den Kopf hin und her und machte einen äußerst zufriedenen Eindruck. Dann blickte es ihm in die Augen, und Stefan merkte erst jetzt, daß sein Herz ein paar Schläge ausgesetzt haben mußte. Er holte Luft, brachte aber keinen Laut heraus.

Das Gespenst zog aus seiner Tasche ein Stück Papier hervor, wedelte damit herum und kam grinsend näher. Es öffnete den Mund und begann zu sprechen. Seine Stimme war vielleicht eine kleine Terz höher als Stefans, hatte aber unverkennbar denselben Bamberger Klang, dasselbe rollende R.

«Wer so schön komponieren kann, muß auch belohnt werden. Ist blanko, steht noch kein Betrag drauf!» Damit hielt es Stefan das Papier vor die Augen. Es war ein Scheck.

Günther hatte das Double seines Bruders jetzt bemerkt und fiepte einen langen, schmerzhaft hohen Ton aus seiner Kehle. Dann schlug er sich die Hand vor die Augen und floh, gegen Lautsprecher, Keyboards und zuletzt den Türrahmen prallend, ins Freie.

Das Gespenst zog ein zweites, größeres Papier hervor und hielt es ebenfalls vor Stefans Gesicht.

Es sagte: «Du unterschreibst hier, und ich setze hier», wieder wedelte es mit dem Scheck, «jeden Betrag ein, der dir gerade einfällt. Na ja, fast jeden. Aber sei nicht zu bescheiden, hörst du? Unter zweieinhalb Millionen würd ich gar nicht anfangen, wenn ich du wäre. Aber sehr viel mehr als drei sollten es auch nicht sein, das krieg ich nicht mehr durch bei den hohen Herren.»

Stefan stand immer noch der Mund offen. Er war einer Ohnmacht nahe. Mechanisch faßte er sich ins Gesicht, fand dort keinen Bart.

«Jajaja», sagte das Gespenst entschuldigend. «Kleiner Fehler in der Recherche, geb ich zu, nicht mehr ganz aktuell, wie ich sehe, sieht jetzt aus wie Übereifer meinerseits.»

Damit zog es an seinem Bart, der sich sogleich von seinen von leichtem Schmerz verzerrten Backen löste, und stopfte ihn in die Tasche.

«Ist sowieso nur ein kleiner Scherz. Ich hoffe, du nimmst ihn mir nicht übel.»

Stefan hatte den Mann noch nie gesehen.

28. Dezember 1999
23 Uhr 25

Aber ich hatte ihn schon gesehen. Er hatte eine andere Augenfarbe, aber das mußten Kontaktlinsen sein. Ansonsten war es zweifelsfrei Lanin, der Mann, den ich auf meiner Widderreise «kennengelernt» hatte, der Mann, der Gregor Falkmeier aus dem Gefängnis geholt und für den Waffenschmuggel engagiert hatte, der Mann, der unter dem Namen Gabriel Anders in dem Geheimdossier, das jetzt bei TWIN-TV war, als «der mit den tausend Gesichtern» geführt wurde, als Bindeglied zwischen organisierter Kriminalität, internationalen Konzernen und Geheimdiensten verschiedener Länder, als schillerndste, ungreifbarste Figur im Zwischenreich weltpolitischer und wirtschaftlicher Interessen, als Tausendsassa auf allen zwielichtigen Bühnen der Macht, als Makler und Unterhändler in Entführungsfällen, in Waffenschiebereien, in Agententauschaktionen, als Verwandlungs- und Sprachgenie, als Mr. Nobody, als «der Mann, den es nicht gibt».

Ich war, nachdem Günther mich aus meinem Verzweiflungsanfall herausgestreichelt hatte, nachdem er mir so eindringlich Mut gemacht hatte mit seinem «Nix nie zu spät», wieder eingestiegen in HOLY, wollte, mußte bis zum Ende miterleben, wie Stefan Grundler, der Stier im Kreis, in sein Verderben lief, das ich ja schon kannte, mußte herausfinden, ob ich, aller Logik und allem gesunden Menschenverstand zum Trotz, nicht doch eingreifen, nicht doch verhindern könnte, was bereits geschehen war.

«Wenn du erlaubst –.» Das jetzt bartlose Gespenst sah sich suchend um, drückte dann auf den Powerknopf am Verstärker, und es wurde schlagartig still.

28. Dezember 1999
10 Uhr 35

«Ich fasse mal kurz den Deal zusammen, er ist denkbar einfach: Du unterschreibst diesen Wisch hier, da steht nur drin, daß du dich geirrt hast mit dem blöden Koffer und dem ganzen Kram, dann bist du dieses Problem schon mal los. Als Gegenleistung kriegst du so viel Geld, daß du den Scheißkredit von der Dresdner gar nicht mehr brauchst, die können dir den Buckel runterrutschen mit ihrem Bürokratenschmarrn, und, wie gesagt, noch ein paar Mark drauf, damit du dich in aller Ruhe deiner Kunst widmen kannst. Ach, und von Professor Munde soll ich dir sagen: Das ganze war ein fieses Versehen, er bittet ergebenst um Verzeihung, aber die Umstände, und so weiter und so weiter, du weißt ja, wie charakterlos diese Kulturheinis sind, jedenfalls sollst du doch bitte, bitte unbedingt weitermachen, er sei bereit, das Leben seiner verschrumpelten Gattin dafür zu geben, wenn dir was daran läge, aber darauf würde ich an deiner Stelle ehrlich gesagt verzichten, denn was hast du schon davon, wenn die Alte tot ist, du willst ja keine Leichen produzieren, davon gibt's schon genug, nicht wahr, sondern du willst LUDUS STELLARUM machen, und das darfst und kannst du jetzt, ohne finanziellen oder sonstigen Druck, und wie ich sehe und höre, hast du dich sowieso nicht entmutigen lassen, sondern einfach weitergemacht, das imponiert mir sehr, muß ich sagen, das imponiert mir sehr. Also einfach hier deinen Kaiser Wilhelm drunter und hier, das laß ich dich auch selber machen, wenn du willst, eine nette Zahl, da halt ich mir sogar die Augen zu, damit du nicht gehemmt bist, aber verzähl dich nicht bei den Nullen, ja? Na, wie sieht's aus?»

Stefan hatte sich erhoben. Sein Zorn war nicht mehr aufzuhalten, trieb ihn weiter, er packte das Gespenst mit seinen Ringerarmen um die Brust und drückte fest zu.

Wahrscheinlich hätte er sein absurdes Imitat zerquetscht, wäre nicht Günther zurückgekehrt mit dem Ruf: «Totmachen nicht, totmachen darfst nicht!»

Diese Ablenkung benutzte der fremde Mensch, um Stefan mit dem Knie einen kräftigen Tritt in die Eier zu geben. Der Gegner entwand sich seinen sich lockernden Armen und flüchtete aus der Kapelle. Kurz darauf hörte Stefan das Geräusch eines davonjagenden Autos.

Die Erklärung, die er hätte unterschreiben sollen, und der Scheck lagen noch herum, er hob beides, jetzt völlig nüchtern geworden, auf, zerriß die Papiere bedächtig und sagte: «Ich laß mir doch die Wahrheit nicht abkaufen. Die kann ja kein Mensch bezahlen.» Er blickte seinen Bruder an. «Hab ich doch gut gemacht, Günther, oder? Mich kann man nicht mehr kaufen, mich nicht mehr! Günther, bitte mach die Türe zu.»

Günther nickte mehrmals, ließ seinen Bruder alleine, und bald schon drangen wieder die sehnsuchtsvollen Klänge der Krebsmusik aus der Kapelle über den Hof, über Wäldchen und Weiher und bis hinauf zu Kassiopeia, Orion, Sirius und Venus.

28. Dezember 1999
23 Uhr 50

Waren die Sterne nichts als kalte, ferne Sonnen, ebenso verdammt zu Untergang und Verglühen wie die Menschen, die in ihrem Anblick seit Tausenden von Jahren Trost und Bestimmung suchten? War ihr Spiel, das «Spiel der Sterne», grausam und sinnlos?

Eva war tot. Stefan hatte sich für die Wahrheit entschieden und würde, ohne sein großes Werk vollendet zu haben, wenig später auch tot sein. Ein verwaister kleiner Malte, ein verwaister Bruder mit Down-Syndrom, ein verwaistes Haus mit Menschen und Tieren, die Fragmente einer Musik, die vielleicht wirklich etwas bewirkt hätte – das war es, was übrigbleiben würde vom Leben des Stefan Grundler.

Und ich sollte all das verhindern? Wie?! Welcher verrückten Illusion rannte ich hinterher?

Es war fast Mitternacht, als ich mir den Sensor von der Stirn nahm und mein virtuelles Reisegefährt verließ. – Ich wußte ja bereits, was mich dort jetzt erwartet hätte. Schließlich war ich zum Teil leibhaftiger Zeuge der Ereignisse dieses Tages gewesen:

Bis zum Abend würde Stefan in seiner Kapelle weiterarbeiten und «Krebs» vollenden. Er würde sich irgendwann die Kleider vom Leib reißen und im Rausch des Gelingens wie ein Bär tanzen zu den Klängen, die er für Eva in den Sternen gefunden hatte.

Den roten Laserpunkt, mit dem der Attentäter durch das Fenster sein Ziel markierte, würde er nicht bemerken. Meinen Schrei von draußen: «Grundler! In Deckung!» und den Schuß, der die

Scheibe durchschlug und seinen Hals zerfetzte – er würde nichts davon hören oder spüren. Denn um ihn würde nur Musik sein …

Lilà stand am Fuß der Gangway und erwartete mich. Sie schien meine Erschütterung und meine Erschöpfung zu spüren. Wortlos schlang sie ihre Arme um mich und legte ihren Kopf an meine Brust. So standen wir eine ganze Weile, ohne zu sprechen.

In unsere Stille wuchsen, unmerklich erst, dann immer deutlicher, Klänge, wie ich sie noch nie zuvor gehört hatte. Ich wandte mich um, um ihre Quelle auszumachen, aber sie kamen von überall her und schwollen rasch an zu einem einzigen Ton. Nur ich schien ihn zu hören, Frederik und die anderen hantierten unbeeindruckt an ihren Geräten weiter, und auch Lilà blieb völlig ruhig. Sie flüsterte nur: «Vertraue!»

Ich schloß die Augen. Der Ton, den ich hörte, war wie ein gleißendhelles und doch mildes Licht, das mich durchdrang – und wie dieses alle Farben der Welt enthielt, so enthielt er alle Musik, verschmolzen zu einem großen Jubel. Und auf einmal wußte ich, was dieser Klang war, der mich so vollkommen ausfüllte: Das Herz von LUDUS STELLARUM, Stefans Sternensymphonie!

Zugleich war die unmittelbare Gewißheit in mir: Das «Spiel der Sterne» war nicht böse oder sinnlos. Nichts von allem, was ich miterlebt hatte im Leben des Stefan Grundler, war vergeblich, nicht seine falsche Sattheit, nicht sein Ringen um Wahrheit und Liebe und nicht sein vermeintliches Scheitern.

Ich wußte: hier, in diesem Spiel, mußte ich das zu Ende führen, was er mit seiner Kunst begonnen hatte. Ich mußte – auch für ihn – den Kreis vollenden, um alle Kräfte in dem Spiel zu verstehen und in mir zu vereinigen.

Ich mußte und ich würde

verhindern, was bereits geschehen ist!

WASSE
Frederik – ei

STEINBOCK
Ernst Livonius,
Marketingspezialist

SCHÜTZE
Rolf Metzler, Ressort-
leiter organisierte Krimi-
nalität beim BKA

A
Micha
Hauptko
der Kr

SKORPION
Paula, Mitglied in
einem Geheimorden

WAAGE
Gabriel Anders,
Freelance-Geheimagent

JUNGFRAU
Meredith Norden,
Staatssekretärin im
Bundeskanzleramt

L
Leon
Ma

ANN
'underkind

FISCHE
Lilà, Astrologin
und Clairvoyante

WIDDER
Gregor Falkmeier
Ex-Kampfpilot

HNE
eber
issar bei
Berlin

STIER
Stefan Grundler,
Komponist

ZWILLINGE
Uta und Inga von Gülrich
Talkshow-Hosts

KREBS
Eva Grundler
Hausfrau

chousch
ss

Gregor Falkmeier ist Widder

Gregor Falkmeier hat sein hitziges Naturell stets in Schwierigkeiten gebracht, und schließlich landete er wegen Totschlags im Gefängnis. Nun aber scheint dem Ex-Piloten die Chance seines Lebens zu winken: Er wird von Unbekannten spektakulär aus dem Gefängnis befreit, um einen Koffer von Rußland nach Deutschland zu schmuggeln. Hätte Gregor geahnt, daß ihm im «Spiel der Sterne» die Rolle des Sündenbocks zugedacht ist, hätte er es vorgezogen, im Knast zu bleiben.

Im Kerker der Freiheit

Stefan Grundler ist Stier

Der Komponist Stefan Grundler besitzt alles, was er sich wünschen kann: Erfolg, Geld, rustikalen Luxus in Hülle und Fülle, eine ihn umsorgende Frau. Aber dafür hat er einen hohen Preis bezahlt. Menschlich und künstlerisch ist seine Existenz auf Sand gebaut, und die bricht zusammen, als er im «Spiel der Sterne» unter Verdacht gerät.

Die Wahrheit und andere Lügen

Uta und Inga von Gülrich sind Zwillinge

Mit ihrer verrückten Talkshow «Twins» sind die eineiigen Zwillinge Uta und Inga von Gülrich die Stars der Berliner Subkultur. Als ihnen geheime Dokumente in die Hände fallen, mit denen sich eine Staatsverschwörung (Codename: «Spiel der Sterne») beweisen läßt, wittern die beiden die Sensation ihres Lebens. Aber aus dem «Spiel» wird blutiger Ernst. Utas und Ingas einziger Schutz ist die Öffentlichkeit.

Zweimal Hölle und zurück

Eva Grundler ist Krebs

Eva Grundler träumt den Kleinmädchentraum von der großen Liebe. Als sie dem Feuerkopf Gregor begegnet, gerät sie in eine Spirale aus Gewalt, Verschwörung und Tod, aus der sie sich nicht mehr befreien kann. Zu spät bemerkt sie, daß sie mit ihrer in sich gekehrten, sehnsuchtsvollen Natur Opfer eines großen Spiels geworden ist – des «Spiels der Sterne». Nur noch ein Wunder kann sie retten ...

Der Traum vom Sterben

Leonijd Aschousch ist Löwe

Leonijd Wassiljewitsch Aschousch ist einer der mächtigsten Männer in Rußlands Schattenwirtschaft.
Sein Einfluß reicht in den russischen Geheimdienst genauso wie in die Spitze des Militärs. Als eine Waffe auf der Basis niederfrequenter Strahlen in seinen Besitz gelangt, strebt Aschousch nach der Weltherrschaft. Im «Spiel der Sterne» verliert er alles – und gewinnt endlich die Herrschaft über sich selbst.

Sonne der Nacht

Meredith Norden ist Jungfrau

Meredith Norden ist eine moderne, erfolgreiche Frau, Staatssekretärin im Bundeskanzleramt. Aber es gibt eine dunkle Macht in ihrem Leben, die sie mit all ihrer Zuverlässigkeit, ihrem Fleiß und ihrem Unterscheidungsvermögen nicht unter Kontrolle bekommt. Je mehr sie sich dagegen wehrt, desto tiefer verstrickt sie sich in ein Spiel um Leben und Tod – in das «Spiel der Sterne».

Labyrinth der Sehnsucht

Gabriel Anders ist Waage

Gabriel Anders, internationaler Freelance-Agent und Identitäts-Chamäleon, ist der geborene Diplomat. Aber der «Mann, den es nicht gibt», geht zu weit mit seiner virtuosen Selbstverleugnung. Erst die Liebe zu einer Frau, die ihm in vielem gleicht, bringt ihn zu sich. Aber da ist er schon längst Mitspieler einer umfassenden, tödlichen Staatsverschwörung geworden.
Deckname: «Spiel der Sterne».

Der Mann, den es nicht gibt

Paula ist Skorpion

Paula hat einen seltenen Beruf. Sie lebt die «dunkle» Seite ihres Wesens bis in die letzte Konsequenz aus. Paula ist Profikillerin. Töten ist für sie ein ritueller Akt, sie vollzieht ihn mit Meisterschaft und Eleganz. Und sie ist der einsamste Mensch, den es gibt, bis sie erfährt, was Liebe ist. Aber einen letzten Auftrag muß sie noch ausführen. Und der führt sie ins Zentrum vom «Spiel der Sterne».

Liebe mich und stirb

Rolf Metzler ist Schütze

Rolf Metzler ist ein Mann mit Idealen und großen Zielen. Sein zupackender Ehrgeiz hat ihm schon die Position eines leitenden Beamten beim BKA eingebracht. Vollkommen von sich überzeugt und blind für die kleinen Fallstricke des Lebens, strebt er aber durchaus noch höhere Ämter an.
Doch gerade sein guter Wille macht ihn zum Opfer und zum Täter im «Spiel der Sterne».

Endstation Zukunft

Ernst Livonius ist Steinbock

Ernst Livonius ist eine graue Eminenz der deutschen Industrie. Als kühl kalkulierender Drahtzieher fädelt er eine gigantische Verschwörung ein, deren Auswirkungen Millionen Menschen bedroht. Doch der Manager der Macht wird im «Spiel der Sterne» an seine Grenzen stoßen. Ernst Livonius muß seine Seele retten – und damit die Welt.

Sturz in die Höhe

Frederik Norden ist Wassermann

Das fünfzehnjährige Wunderkind Frederik Norden hat eine revolutionäre Erfindung gemacht: Sein «mental interface» ermöglicht telepathische Kommunikation mit Computern. Als Frederik realisiert, daß seine Erfindung für teuflische Pläne mißbraucht werden soll, ist er gefordert, für seine hohen Ideale zu kämpfen. Seine Gegner im «Spiel der Sterne» sind mächtig: Frederik muß weit über sich hinauswachsen.

Sternenkind im Cyberspace

Susanne Bürger ist Fische

Susanne Bürger liegt nach einem Unfall fast ein Jahr in einem tiefen Koma. Als sie erwacht, ist sie ein anderer Mensch: Sie nennt sich Lilà (Spiel), sie kann in den Gedanken ihrer Mitmenschen lesen, sie wird heimgesucht von Ahnungen und Visionen. Nur ein altes astrologisches Brettspiel, das «Spiel der Sterne», hilft ihr zu verstehen, was an Unerklärlichem vor sich geht. Sie erkennt, daß der Mord an ihrer Freundin Eva ebenfalls Teil eines Spiels ist – und daß sie selbst dabei eine alles entscheidende Rolle spielt ...

Jenseits ist hier

Martin Umbach
(Fische mit Aszendent Steinbock)

geboren 1956 in München, arbeitet als Schauspieler, Regisseur und Autor für Theater, Fernsehen, Film und Rundfunk.

Michael Seyfried
(Wassermann mit Aszendent Zwillinge)

geboren 1964 in München. Neben seiner Arbeit als Schauspieler bei Bühne, Film und Fernsehen schrieb und verwirklichte er ein gutes Dutzend Theaterstücke und Drehbücher.